青年文摘 QINGNIAN WENZHAI 时尚悦读系列图书

悦

PLEASURE . 壹

周 游 陈思亮 ● 编著

中国青年出版社

（京）新登字083号

图书在版编目（CIP）数据

悦.壹/周游，陈思亮编著.—北京：中国青年出版社，2009.3
（“青年文摘”系列图书）
ISBN 978-7-5006-8632-3

Ⅰ.悦… Ⅱ.①周…②陈… Ⅲ.小品文—作品集—中国—当代 Ⅳ.I267.3

中国版本图书馆CIP数据核字（2008）第210355号

作　　者：周　游　陈思亮
责任编辑：李晓丽
书籍设计：黄　恺
出版发行：中国青年出版社
社　　址：北京东四十二条21号
邮　　编：100708
网　　址：www.cyp.com.cn
门 市 部：010—84039659　80894142
编辑电话：010—84015594
电子邮件：lxlcyp@163.com
印　　刷：北京方嘉彩色印刷有限责任公司
经　　销：新华书店
规　　格：880x1230　1/32
印　　张：4.375
插　　页：2
字　　数：80千字
印　　数：13501—19000册
版　　次：2009年3月北京第1版
印　　次：2009年5月北京第3次印刷
定　　价：19.00元

YOU REN DU SHU, JIU HUI YOU REN XIANG DAO WO MEN

[有人读书，就会有人想到我们]

书是好东西，可以叠飞机，撕一页下来，弯弯折折，从窗口丢出，顺风飘下，就是我少年时的生活。

秋天是撕书的好季节，落叶夹杂着书页，飘飘洒洒，拼出许多莫名的形状，天上有多少种云，地上就有多少种书页与树叶的拼图。

我从未扔过整本的书，怕砸到人。

我住在7楼。

长大以后，想做一本书，能让人笑上一个下午，回味一个晚上，入夜后做一个关于它的梦。

也许某天，它会被撕掉，让捡到的孩子视做瑰宝，捡到一页，就收留一页，直到看腻了，或者被自己的文字取代。

哪怕他们和我一样喜新厌旧。

我希望：有人读书，就会有人想到这本书。

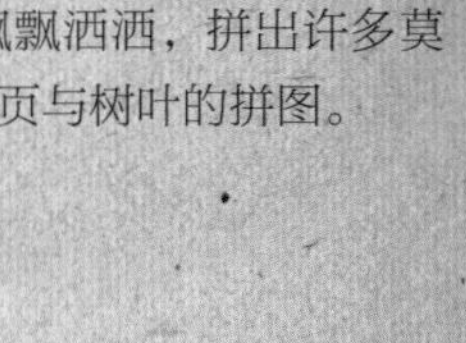

LU SUO LUN YU LE

★卢梭论娱乐

这些娱乐节目的内容是什么？他们将要展示什么？什么都没有，如果你愿意这么说的话。在自由的国度里，一切都那么丰裕，一切都那么美好。在广场的中央立一根木桩，上面插满鲜花；人们聚集到这里来，就会有一个欢快的节日。还可以做得更好一点；让观众自己成为娱乐节目，让他们自己来当演员；这样，每个人都在其他人身上看到自己并且热爱自己，全体人民将更加紧密地团结在一起。

HEN E HEN KE AI

WARNING! 请谨慎阅读！

MU LU
[目 录]

MU LU
[目录]

Yuan Lai Wo Si Nai Ca A

第一期文艺评论，本来想做点儿正经东西，比如后现代作家如何挤进茅盾文学奖，但没挡住8点25分，电视台打出的巨寒广告一则：

欧式建筑、外语招牌、飘雪背景：
某女：我是（si）你的什么（sě mō）。
周杰伦：你是我的优乐美啊。
某女：原来（yuānlāi）我是（si）奶茶（cā）啊。
周杰伦：这样，我就可以把你捧在手心了。
（某女听完之后表情特别美好。）

我特意到网上翻了下，发现居然还有一段：

某女：你喜欢我什么（sě mō）啊？
杰伦哥：喜欢你优雅、快乐、又美丽。
某女：你是（si）在说（suo）优乐美奶茶（cā）啊。
杰伦哥：你就是我的优乐美啊①。
（某女听完之后表情无限安宁美好，如菩提现世。）

广告播出以后，一群人在网上说自己女朋友看了广告，疯狂着迷，无比陶醉，还到处放出风去说：“我也要做你的优乐美！”

他们一致评论说现在女生也不知道拿自己当回事，愿意让人捧在手心里，然后喝两口就扔了，每天一种新口味，还得换着来——果然在我们的蛊惑下，那群人大多决定带女朋友去做智商测试，还特意询问大夫：智商问题到底会不会遗传？

当然，总有几对男女双方都认为广告动人心弦，他们如同故事里的王子和公主一般，从此过上了幸福的生活……

关键问题有两个：

一是方言和环境搭配。

方言不是不能用，普通话固然抑扬顿挫，中和方正，但好听的方言也有不少。比方说天津话幽默豁达，江南吴语绵软温和，台式国语显得笨笨的，清纯，没花花肠子。《银魂》里神乐略带中国口音的日语[②]也非常可爱。但此时此地，不应该用台式的国语：

——雪天、欧式建筑、外语招牌，有点儿西欧小城的意思，这时候主角出来……

——亚洲人？也罢，来旅游的，顶多是移民吧？

——镜头一转，主角手里捧着大杯饮料，杯上赫然印着简体中文："优乐美"！

——这玩意儿怎么来的？你是在鄙视我们国家的海关吗？

——我是（si）你的什么（sě mō）啊……

——到此为止，整个广告全完蛋了。

哈根达斯也行，随便哪个世界品牌都行，就算阿尔卑斯奶糖一类伪国际品牌都行，但你不要暴露那个大大的简体字，还是黑体设计；雪天、外语招牌，配上国产轻工业产品，再说台式国语，不搭调。

好吧。

沈阳、旅顺、青岛一些北方沿海城市新中国成立前有外国控制区，那地方也下雪，我们就当是沈阳，我们确实不能让杰伦哥说沈阳话[③]，但也不要用台式国语，一说台式国语就会让人联想到琼瑶奶奶的经典台词——"人家不要吗！！"——煞风景。

实在不知道该怎么搭配的，用普通话就好，简简单单，配上这种平民化的、不太着调的比喻，意境会真实得多。

请注意：真实、和谐[④]。

第二个问题是比喻不当。

为什么大多数时候比喻爱情都用钻石？因为钻石稀有、清澈、坚硬，一生也就买得起一块，把它任何一个直观的特点放在爱情上，都不会让人觉得不妥。反过来看奶茶，几块钱一桶，一抓一大把，偏偏还口味繁多；用它比爱情，给人的第一印象就是轻浮、见异思迁，明天我开另一桶。

以物传情确实是很古典的用法，但就因为太古典，搞得人人都会，小学二年级就教，用好了没你功劳，用不好就得挨骂，偏偏你还乱用，拿女朋友比奶茶。

用郭德纲的话说：骂死你都不冤！

复习一下，本课我们学到：比喻最重要的就是严谨、恰如其分。

结论：奶茶好喝，广告看了让人心酸[⑤]。 **（文/ 陈思亮）**

注：

①语调和语速就不用乐谱标了，我半生不熟，标出来你也未必看得懂——自己去搜，不费那劲儿了。

②所谓中文口音，就是每个元音（汉语拼音叫韵母序列）都咬得非常清楚，没有日语的粘连感、暧昧感，显得直率，每句话语气都很强烈，再穿一身伪旗袍，傻乎乎的可爱。

③实际上我们不在任何正剧中推荐沈阳话，《刘老根》中艾敬说的就是沈阳话，赵本山用的基本是铁岭郊区的口音。

④并不是说世界上不能要假的东西，艺术并非一定要求真，也可以求美——所以假的就一定要精致，假的一旦足够精致，就会被人称为梦想——但这个广告足够精致吗？这就是下一个问题要说的。

⑤好吧，我承认杰伦哥的“奶擦”只是让我抓住了——但是！这广告绝对不是最二的，那些提着就反酸的，您自己举一反三去吧。

YUE · KAI YAN
悦 · 开眼

张开眼睛，感受。

不着于形，不滞于物，莫名之事，奇妙之景，万千世界，俱收眼底，方为看。

古语云：一叶障目，不见泰山，说的就是执著。

尝试接受。

子曰：多看有好处。

本章目录：

BAI DU ZHI DAO

‖百度知道‖

把百度设为主页　　百度一下，找到相关网页约9,890篇，用时0.001秒

提问：显示器画面不停地轻微抖动，有什么办法?

答：你也不停地抖动，当你的频率和振幅与显示器画面一致时，你就感觉不出来了。

提问：为什么我玩儿3D游戏时会头晕?

回答一：小脑不发达。

回答二：大脑不发达。

回答三：大小脑都不发达。

提问：最简单的长寿秘诀是什么?

回答：保持呼吸，不要断气。

提问：为什么月亮不围着太阳转?

回答：因为月亮已经围着地球转了。

提问：刘关张三结义供的是谁?

回答一：皇天后土。

回答二：炎黄二帝。

回答三：桃子。

提问：跷二郎腿的危害?

回答：臀部会一半大一半小。

提问：巫师为什么要骑扫把不骑板凳呢？

回答：因为骑扫把比骑板凳帅多了，而且遇到敌人(强大的，自己打不过)就可以伪装成扫地工。

提问：我的电脑中病毒，我用杀虫剂喷在主机上，怎么不管事？

回答一：可以找杀虫剂厂家理论啊，再不你可以告到消费者协会去！

回答二：没事，你喷得不够多，多喷一点儿就好了。

最佳答案：中病毒应该是软件的问题，不是硬件的问题，所以，你喷在主机上是没用的，你应该打开电脑，拆下硬盘，再拆开硬盘进行喷射即可解决你的问题！(不许笑，严肃点儿)

提问：市场上有增肥药吗？吃什么东西能胖一点儿？越简单越好！

回答：有，只要一会儿就马上变肥。方法是找个马蜂窝，用手伸进去搅拌两下，呵，只要一会儿，保证肥得连老妈都不认识你了。

提问：向高手请教，抢银行什么枪合适，还有枪在哪儿买，AK-47多少钱一把？知道的说一下。谢谢！

回答：有经验的都不在这里，不过你试着抢一下就会见到他们。

提问：一个智力问题。228的后面是什么？103的后面是什么？85的后面是什么？3个答案都一样！给我答案就好。

回答：的。

提问：我是计算机网络班的学生。我们要开运动会了，老师要我们为班级说一个口号，要新奇，有创新，跟我们所学的计算机网络有关。

回答一：最大的流量，最快的速度！

回答二：我们保证不卡！

回答三：××班，电话线，我们班，小光纤！■

1 [2] [3] [4] [5] [6] [7] [8] [9] [10] 没有下一页

SHANG YE SHI SHANG DE GAN GA SHI KE
‖商业史上的尴尬时刻‖

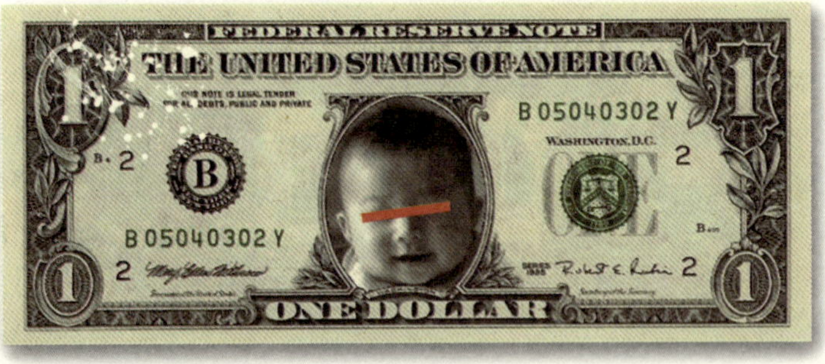

1.布什头像“荣登”200美元大钞

在美国宾夕法尼亚州格林博格市一家名为“风尚虫”的商店，他们的店员接受了一张面值为200美元的钞票（美国根本没有200美元面值的纸钞——译注）。

尽管钞票上有十分明显的伪钞提示：正面是美国总统乔治．W．布什的头像，背面是白宫草坪，但这位店员还是十分“坚决”地找给该顾客100.58美元的零钱。

2.弄巧成拙

英国的百时美——施贵宝公司投资了一项为期两年的研究，把自己的一个胆固醇药物Pravachol与辉瑞制药公司的同类产品“立普妥”（Lipitor）进行了比较。

研究结果证明：对手公司的产品“立普妥”在防止心脏病方面有更好的疗效。报告公布后，找医生开“立普妥”药的病人增加了三分之一。

3.向肯尼迪再开三枪

在美国前总统约翰 F. 肯尼迪（John F. Kennedy）遇刺40周年纪念日当天，苏格兰电脑游戏出版商Traffic发布了一款名为《刺杀约翰. F. 肯尼迪再现》的游戏。

在该游戏里，玩家可扮演刺杀者。Traffic公司甚至宣布悬赏10万美元，以奖励第一个准确重现刺杀肯尼迪三枪的人。这款游戏会“激励年轻一代玩家对美国历史上这起刺杀事件的兴趣”——该公司如是说。

4.谁把尸体借我用用?

英国第四频道某节目组试图征寻一具尸体，以拍摄一场关于尸体分解的节目。他们为该节目命名为“尘归尘土归土”。

5.煞费的苦心

苹果公司和百事可乐公司，联合启动了1亿首iTunes歌曲的免费下载活动，下载密码隐藏在百事可乐的瓶盖里。

可是，精明的消费者们迅速找到了作弊的好办法——要知道哪一瓶有中奖密码其实非常简单：只要把瓶子斜放，就可以看到瓶盖的内面。

6.谁说好莱坞都是无知的家伙?

电视节目拍摄过程中，房主却突然吵着增加租金，不然就得停止拍摄。在外景拍摄场地，这样的事情很常见。

制片人罗纳德·思奇瓦雷（Ronald Schwary）对此类事件却有新的应对方法：同意支付1000美元，但是却给他们10万个美分，分别装进20个30磅重的袋子里面。

派拉蒙风格的报复方式。**（编译/韩 唐）** ■

MEI GUO DE QING JIA TIAO

美国的请假条

我新招的一个学生助手不来上班，最后她还反过来告我状，说每次到我办公室来，门都打不开。

这种低级借口简直是侮辱我的智慧。

几个月前，还有个学生助手打电话告诉我：

“南桥，我刚才开车轧到了一只蜗牛，车胎给轧爆了，所以无法来上班了。”

我当时还纳闷儿，什么蜗牛这么刚烈，死前还不忘把车胎给轧爆？

别看美国人常常强调“Honesty is the best policy”，但这些年轻学生要是撒起谎来，真一个胜过一个。某电视剧中，父亲对找借口逃学的儿子说：“儿子，别跟我玩儿这些花招儿。小时候，我的狗要是真吃了我那些家庭作业的话，它都能拉出一本《大不列颠百科全书》出来了。”

中午看完了《教书匠》中专门讨论学生请假条的一章，妙趣横生。这种快乐，不给分享出来，我自己会活活闷死，所以其情节略述如下：

一天早晨，“教书匠”麦考特上课，学生Mikey递过来一张请假条，上书：

亲爱的麦考特先生：

Mikey的外婆，也就是我妈，今年80岁了。

由于咖啡喝多了，从楼梯上掉了下来，所以我得把Mikey留在家，照顾他祖母，还有他妹妹。

我自己得去码头那里的咖啡店上班。

Mikey妈妈Imelda Dolan敬上

又及：他外婆没事。

麦考特亲眼看到这小子是用左手写的这请假条。这孩子在天主教学校上学，修女们把他的书法训练得太好，一写就能认出来，所以这小子用左手冒充。

麦考特说，他收到的请假条很多是假的。他要是一一追究，那一天24小时都闲不下来。

他把Mikey的请假条塞进抽屉，看到抽屉里积存着好几十张参差不齐的请假条，突然醍醐灌顶——他说他以前不知道什么叫醍醐灌顶，现在终于明白了。

他醍醐灌顶了什么呢？

让学生写个200字的作文，怎么着他们都会牢骚满腹，仿佛要杀了他们。而写起请假条来，文思泉涌，简直是美国高中写作的典范佳作，比如他所收集到的如下请假理由：

我家的炉子着火了，顺着墙纸烧，消防队员来忙活了一夜，我们一宿没睡着……

我家厕所坏了，我儿子只好到同一条街我表妹上班处的酒吧上厕所，没想到那里厕所也坏了。

所以老师，您可以想象，我儿子今天要去上学有多艰难。

顺便说一句，麦夸特（原文如此）先生，酒吧里的人说认识你哥。

我儿子Arnold完成了您布置的作业，昨天乘坐地铁的时候，书包被地铁门夹住，车开走了，所以作业也没了。

他妹妹的狗把他的作业给吃了，但愿这该死的狗被噎死。

我们楼上有个男的昨晚在卫生间死了，水龙头没有关，我儿子的作业放在桌子上，被淹了。

她哥哥生她的气，把她的作文从窗子上扔了下去，结果她的作业就在Staten Island上空飞啊飞。

这当然不好了，因为人们会无意中看到，产生错误印象，除非他们看到文章的结尾。

我儿子做好了你给的作业，而且在坐轮渡的时候还在检查。可是，突然吹来一阵风，把他的作业给吹跑了。

…… ……

麦考特又来了一次醍醐灌顶。他把所有请假条拿出来，划掉姓名，然后发给全班。学生傻眼了，这是什么东西？

麦考特说：“是你们写的东西。请大家接着写，写这种请假条，想怎么写怎么写。”

学生如梦初醒，疯狂地写起来。平时一到下课，一眨眼就全不见了，这回好，拉都拉不走。

麦考特接着又说：“你们这么能给自己找借口，你也给别人找找借口。比如亚当、夏娃偷吃禁果，你帮他们写个条子，交给上帝。

“你帮逃避兵役的人写个条子。

“你帮犹大写个条子。

“你帮美国政客写个条子。”

这些学生刷刷刷都写疯了。

正是士气昂扬的时候，校长和学监（相当于教育局长）来了，抽查学生正在做的写作练习。然后校长要麦考特下课后去找学监。

麦考特心说：这下玩儿完了，等着炒鱿鱼吧。

他忐忑不安地找到学监，学监说：

“太棒了！你这个教学太棒了。非常感谢！非常感谢！没准儿你能培养出几个一流的律师呢！不会找借口能当律师吗？”

麦考特哼着小调儿回到教室，然后得意地在教室里哼唱小调。他说他高兴，他得意。

高兴的时候哼哼小调儿需要借口吗？

不需要。 **（编译/南 桥）**

YUAN ZE

‖原则‖

我是个没有原则的人。事实上，我的原则就是没有原则。

曾经我遇到一个很有原则的姑娘，迫不及待地告诉我她的原则：坚决不碰已婚男人。听了这话，我第一个反应是：有点儿郁闷。身为已婚男人，好像变成一个肮脏的垃圾桶，成为另一种极度危险的物类，亭亭玉立，只可远观，不可亵焉；我第二个反应是，她亮出这个原则是什么意思呢？

“我赞美过你吗？”

“没有啊。”

“我骚扰过你吗？”

“也没有。”

“我表露过任何想被你碰的意愿吗？或者，我给过你暧昧的暗示？”

“嗯，到目前为止，还没有。”

“那你干吗要告诉我这个原则？”

“这个，毕竟是有这种可能性存在嘛。”

“那你怎么不到民政局的婚姻登记处等着，告诉从那里出来的男人，请你死心吧，我是坚决不会碰你的，因为你是别人的丈夫啦。不可否认，他们和你都有可能性，尽管非常地非常地非常地微小。”

这个有原则的姑娘骂了我一句，走掉了。我代表已婚男人们赢了这场辩论，不免有些小小的得意。

后来我想，这个姑娘之所以如此声明，大约是为了引起注意，也就是说，她亮出所谓的原则，是期待被破坏的。当然，这只是猜想，我没办法跟她去求证。那会被她当成一个明确的意愿。

男人和女人讨论所谓的原则问题，的确有些危险性存在，但比起和男人讨论原则问题来，还是要有趣得多。当女人跟你谈原则问题的时候，有时是感情的问题，有时是价钱的问题；当男人跟你谈原则问题的时候，那只是价钱的问题。男人提出他的原则，貌似坚贞不屈，心里同样期待被破坏。原则和禅一样玄妙，不可说，不可说，一说便错。事实上，真正不可动摇的原则，永远是深深地埋藏在心中，你甚至不会晓得自己居然有这样一个原则。

说了原则这么多的坏话，并不代表我心中无所敬畏。我尊重规则，却没有办法尊重原则。玩儿一个游戏，规则是大家共同制定，还有公平可言，原则却是你自己一个人想出来的，我不跟你玩儿行吧。

有这么一个坚持原则的人，还是值得尊敬的。他是17世纪的西班牙国王菲利普三世。据说，他因发烧而去世。他的高烧是由于长时间坐在炉火旁而引起。

该国王为什么不把自己尊贵的屁股从椅子里搬出来，然后把椅子往后边拖它几米，再舒舒服服地坐上去呢？原因是，那不是国王的工作。

那天，宫廷里负责照看炉火的佣人没有上班。这名佣人的工作就是把国王的座椅往后拉。菲利普三世也没有叫其他的佣人来拉椅子，那不是他们的工作。

就这样，这个最坚持原则的人，被炉火烤成了三分熟。 **（文/加肥猫）**

YA MAI JIA SHENG CHAN FEI REN DE AO MI

‖ 牙买加盛产飞人的奥秘 ‖

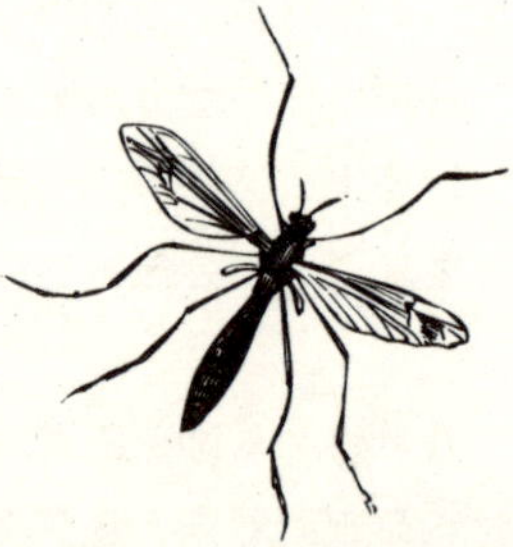

牙买加人为什么跑得那么快？我经过实地考察后认为，最大的功臣是牙买加的蚊子。

我在牙买加住了6天，被叮了50多个包之后，居然没有亲眼目睹过一次作案过程，更别说抓住案犯了。每次都是在感觉痒了之后，才发现又中招了。

昨晚我被咬急了，打开灯坐在床上目不转睛地等了半天，终于看见了一只蚊子的飞行轨迹。天哪天哪，它飞得太快了，我的目光完全跟不上它的脚步。更绝的是，如果我挥手把它赶走，它会在一秒钟内突然又出现在另一处地方，而且扑上去就叮，完全不需要前奏。昨晚我如此严防，居然还是被它得了手，而我也依然没有机会好好端详它的模样，不知道是美女还是野兽。

各位看官，我也算是见过世面的人，和各种肤色、各种国籍的蚊子们发生过体液交换，可我还真从来没见过像牙买加蚊子速度这么快的。

建议某位爱国大款出钱引进一批牙买加蚊子，兴许再过几年我们也能跑进10秒。 **（文/土摩托）**

MO NA GE DE SI QIU

‖摩纳哥的死囚‖

法国南方的“蓝色海岸”被法国人誉为“人间天堂”，到那里观光的游客一定要去参观那个独具特色的袖珍国——摩纳哥公国。它只有巴黎市区七十分之一那么大，是一个格里马迪尔人于1308年从热那亚共和国买下来的。

从那以后，多少世纪过去了，摩纳哥公国却一直保持着独立。摩纳哥屹立在一块巨大的伸向大海 800米的鹤嘴形悬崖之上，它以独一无二的人文景观，吸引着来自世界各地的千千万万的游客：布满各种各样纪念品的十分狭小的街市，古老的王宫和宫前别具风格的换岗仪式，充满异国情调的花园，欧洲屈指可数的新奇而又丰富的水族馆，以赌场、豪华饭店及高级别墅著称的蒙特卡洛。

游客举目可见的这些美景暂且一笔带过，这里介绍一下莫泊桑笔下有关他那个时代的一个鲜为人知的有关摩纳哥的故事——

多少年以前，摩纳哥发生了一起前所未闻的严重事件——出现了一个杀人犯。最高法院开庭审理了这桩特殊案件。摩纳哥从未有过杀人案，法院一致判处这家伙死刑。

君主十分气愤，批准了此项判决。剩下的事情就是对罪犯执行死刑了。可是问题出来了：摩纳哥既没有刽子手，又没有断头台，怎么办呢？按照外交部长的意见，亲王和法国政府进行谈判，请他们借给一个刽子手和必要的器械。巴黎方面却寄回来一个账单：运送木材连同技术人员的费用共需1.6万法郎。

摩纳哥亲王陛下想，太昂贵了，杀人犯也值不了这个数。为了砍掉一个坏蛋的脑袋，要花1.6万法郎！要是这样，就得重新再征税——每个公民两法郎。

有人提议，让一个普通士兵去砍那个无赖的头，但将军在征询过意见之后犹犹豫豫地表示：完成这样的任务，要由经验丰富的人去操刀，他手下恐怕找不到动过真刀的人。于是亲王又把最高法院的人召集起来，让他们解决这个难题。

后来，首席法官提出把死刑改为无期徒刑。这个建议被采纳了。然而摩纳哥没有监狱，不得不专门建了一个监狱，任命了一个看守，由他负责把犯人领去。

前6个月顺顺当当过去了，犯人整天睡在囚室的草垫子上，看守也整天坐在门前的椅子上观景，看着来来往往的游客。可是，当亲王看到这个新设部门的开支账单（包括监狱、犯人和看守的费用）的时候，觉得给财政预算造成的负担太重了，尤其用于看守的钱更多。他先做了个鬼脸，接着又想，这还要长久继续下去（囚犯还很年轻），于是他召见司法部长，让他想办法取消这项开支。部长和首席法官商量，他们都同意免雇看守，让囚犯自己看着自己，他就可能越狱——若果真如此，所有的人都会拍手称快了。

看守回家了，只由王宫厨师的助手早晚给罪犯送饭。这个罪犯毫无重获自由的欲望。有一天，厨师的助手忘了给罪犯送吃的了，他便大摇大摆地自己来索取了。

从那以后，一到开饭时间，他就准时到王宫与宫廷服务人员一起就餐。罪犯渐渐成了他们的朋友。午饭以后，他到蒙特卡洛兜一圈，有时还进赌场，冒着风险去绿色地毯上赌上500法郎。当他赢了的时候，自己便到名声显赫的饭店吃上一顿丰盛的晚餐，然后回到监狱，小心翼翼地从里边把囚室的房门关好。

形势变得对法官——而不是犯人——越来越不利了。于是法院重新开庭，决定让囚犯离开摩纳哥国土。

当通知他这个判决时，他理直气壮地答道：

“我认为你们挺滑稽！你们说，我怎么生存下去呢？我一无所有，我无家可归！我是被你们判处死刑的囚犯，而你们没有执行，我二话没讲。而后你们又改判我无期徒刑，把我交给了一个狱卒，接着你们又剥夺了我的狱卒，我还是二话没讲。现在你们想把我驱逐出境，那可办不到！我是囚徒，是你们的囚徒，是你们审理和判决的囚徒。我要忠实地服刑，我要待在这里！”

最高法院的法官个个目瞪口呆。亲王怒不可遏，下令赶紧采取措施。有关人员重新商议，最后决定拨给犯人到国外去的生活费600法郎。他同意了。

他在离他原来君主统治的国家5分钟之遥的地方租下了一小块土地，种些粮食和蔬菜，生活在那里，冷眼看着那些权贵们。 **（文/李忆民）** ■

编者按：

这是一篇缩写，很规范，废话少。

本着缩写不予采用的原则，我查了一下原著，题名叫《摩纳哥的囚徒》，一点儿破事写了20多页，除了描写就是描写，都是福楼拜留下的坏根子。

按行规应该让你看原著，但我不忍心；传说托尔斯泰还改写了一个版本叫《太贵了》，文笔、趣味性都比原著好，可我没找到；想做研究的，自己去找原著吧。

——陈思亮

TIAN ZI DA JIU DIAN
天子大酒店

网友对它的评论也是多种多样：

冷嘲热讽的：

在神仙肚子里睡觉，会不会遭天谴啊。

看上去蛮有特色的哇，做酒店没什么不合适啊，要是里面能按照人体构造来建的话就更好玩儿了。他住心脏这屋，我住腰子这屋，你，你，说你呢，没房间了，就在条幅那屋将就一晚吧。

要住在寿星臀部里岂不很郁闷。

真心赞叹的：

有创意！牛！太神奇了！真的给我们视觉的冲击！！

曾远远望见过这三位老兄，以为是“西游记宫”之类的短命玩意儿，不以为意。今日重逢，惊闻乃是酒店，我的天！

不论是无奈还是有意无意，总之，我非常欣赏，有什么不好吗？现代的设计理论也需要反叛！建筑师要敢作敢为！就这一点，这个建筑似乎还不够大胆，如果做得再纯粹一些，再从思想上抬高一点儿，是不是更能体现建筑师的特点！现在看上去似乎有点儿像一个普通建筑做了些装饰！

我看的时候还以为是一种行为艺术，讽刺呢，原来是真的。

事不关己扯皮的：

我的设计本意实乃刘、关、张，可谓浩气长存、义薄云天。可是甲方要我改成福、禄、寿，实在俗不可耐，是可忍孰不可忍。实在是冤啊！

据说那蟠桃是VIP房。

总算把人文精神做出来了，真不容易！发个奖给他？

有霸气！不过前边还得竖个香炉，香火钱也是份大收入！**（文/刘一哲）**

[远景]

[侧面立体特写]

[正面特写]

TONG ZHOU DA CHAO SHI
‖ 通州大超市 ‖

北京通州狗市门口，矗立着一座超市，它拥有复古的砖瓦结构，简洁的大红牌匾，醒目的深绿门窗——他以无与伦比的自信，为每一个从通州狗市路过者的灵魂带来深深的震撼。

那时我们知道：一件事物的价值与尊严，不在于表面的华丽，而在于它不可撼动的灵魂。

——或许我只有一个小卖部的外表，但没有什么能阻挡我拥有一颗超市的心。

那个雨天，我和我搭乘的QQ一起泪流满面。

（当然，照片是日后补拍的。）

[远景]（地标性建筑）

[正面特写]（房屋方正、整洁，没有一点儿乱象）

[侧面立体特写]（红砖绿窗，配上朱红的匾额，极具视觉冲击力）**（文/陈思亮）**

YUE・KAI KAN
悦・开侃

真正的侃爷总能滔滔不绝。

他们能让老子贪污受贿，能让司马迁娶妻生子，能让陈胜爱上吴广。

生活不只在于真实，也在于趣味，有的时候趣味比真实更加重要。

生活转瞬即逝，而侃爷是永恒的。

侃是生活的艺术，子曰：嘴大吃八方。

本章目录：

XIAO YU ZHOU RE SAN SHI

小宇宙二三事

小宇宙：

动漫名词。

指隐藏的力量，如能充分发挥，可有惊天动地之威力。

人的战斗技术是以体内的小宇宙大小为根据的。

真的猛士可以凭借燃烧、引爆自己体内的小宇宙，产生惊人的战斗力。

现实生活中，一些令人赞叹之事的发生，亦可用小宇宙爆发来解释。

《圣斗士星矢》流行那会儿，每逢雨雪，总会有些认真的人习练“钻石星辰拳”。他们通过各种风格迥异的方式提升自己的小宇宙，激发各自的潜能，乐此不疲。

那时候，满街都是游戏厅、录像厅、台球厅，没有网吧，没有网游，没有未成年人防沉迷系统。那时候真好，人们也还可以放心地买奶粉……

当时，小孩子看电视通常是被禁止的。大人们往往不信任他们的孩子，经常突击检查。他们判定电视机是否工作过的唯一方法是摸一下。

通常都是这样：

家长：作业写完了吗？

小孩儿：没有。

家长：看电视了吗？

小孩儿：没有。

家长过去摸一下电视后面：还敢撒谎？

小孩儿：……

家长过去，噼噼啪啪。

…… ……

某君由于经常练习“钻石星辰拳”，小宇宙爆发，竟真的激发了潜能。这厮在小学二年级那年——8岁高龄——发明了电视降温法。

步骤一：看电视。

步骤二：在冰箱冻好多冰块儿。

步骤三：把果盘放在电视上，把冰块儿全部倒进果盘里。

步骤四：听见楼梯间有熟悉的响动（自己家长的脚步声，经过长时间的训练可以准确地辨别出来）就关电视，拔电源，把水倒掉，并假装写作业，这个步骤必须在5秒钟内完成。

步骤五：表情要自然。

家长回家先摸电视，常温，或有点儿凉。

一看，孩子乖乖地写作业。问都不问，该干什么就干什么去了。

还和同事说呢：

“你说这学校作业怎么总这么多呢，我孩子天天都写到挺晚。”

另有一些朋友则没有正确激发自己的潜能，更有甚者误入歧途，导致了一些不太好的结果。

一位老兄也经常练习“钻石星辰拳”，觉得应该给电视降温，小宇宙错误地爆发，意外地发明了简单电视降温法。

步骤一：看电视。

步骤二：听见楼梯间有熟悉的响动就关电视，拔电源，弄一大盘凉水浇在电视机后部，并假装写作业，整个步骤在5秒钟内完成。

步骤三：表情自然。

家长回家先摸电视，常温，或有点儿凉，有点儿水，但没在意。

一看，孩子乖乖写作业。问都不问，该干什么就干什么去了。

晚上吃饭，家人围坐，其乐融融，插上电源，打开电视。

嘭！！！

…… ……

以上文字告诉我们的道理是，小宇宙不能胡乱燃烧。

燃烧的结果不一定都是好的。譬如，煤炭充分燃烧会产生二氧化碳，若不充分燃烧就会产生一氧化碳，导致煤气中毒。

行文至此，感觉应该举个例子，说说一氧化碳型小宇宙燃烧所产生的负面影响。

最近，有位姓宫的教授，在对《山海经》等古籍进行了多年的认真研究和考证后，得出结论：

耶稣是中国人！死在吉林省扶余县！

看了这新闻，我的第二个想法是：此人莫非和“优乐美”广告有关？

第一个想法不适合写在书上，想知道的朋友可以打电话给本书的责任编辑李大姐。

宫先生是我国长春光机学院副研究员，后又被聘为教授。不知道他之前做没做过冷水泼电视的壮举。

人脑袋进水要远比电视进水来得可怕。

综上所述，燃烧小宇宙一定要坚持正确的导向，这样才能激发潜力，产生积极的效果。否则，还不如沉默。

那个当年8岁高龄的电视降温法缔造者，由于花了大量的时间去看电视，后来也终于泯然于众人之间，成为“小时了了，大未必佳”的实例。我想，他若能将小宇宙持续燃烧下去，定能成为“名侦探柯南”一类的人物，遗憾的是他没有。

这个故事告诉我们：

1. 花大量时间在电视上绝对不是什么好事。
2. 小宇宙应该走可持续性燃烧之路。

我们青年应该把大量的时间用在正确燃烧小宇宙上。

不断提升自己的能力，发掘自身的潜力。

要在现实生活中，拿出看电视或者打网络游戏那样的劲头去进取，不断地接任务，长经验，升级，加点，再接任务，再长经验，再升级，再加点。争取早日满级，大展宏图，尽情感受生活的乐趣。

就此收笔。 **（文/周 游）**

SHU ZI QING SHU
数字情书

某女给某男写情书，全文如下：

584，
5682177778，
12234，
1798，
76868，
587129955，
829475。

某男无法破译，四处求助。得到诸多答案。

较为正常的有：

我发誓，我要背你一起去吹风吧，要你爱相随，一起走吧，去溜达溜达，我不需要你朝朝暮暮，被爱就是幸福。

比较不正常的有：

我爸是，吴六疤而要去娶妻企霸，遗儿耳山寺，遗弃就罢，妻溜把柳拔，我爸气伊良久就侮我，罚良久始弃我!

文言转成白话解释成这样：

一个叫吴六疤的人，看人家姑娘生得美貌便硬娶来为妻，企图对其长期霸占。后来其妻生下一子一女，但是这吴六疤却把儿子丢弃在耳山寺，他儿子从此音讯全无。其妻实在无法忍受他的残暴无情，悄悄溜了，溜走之前顺手把家里种的一棵柳树给拔了出来。吴六疤发现后大怒，并把怒气全撒在了女儿身上，最后将女儿赶出家门。**（文/刘　冰）**

YUAN LANG SHI
怨郎诗

据传，司马相如为官后打算和媳妇离婚。

上面只写着“一二三四五六七八九十百千万”13个数字。才情过人的卓文君暗念：句中无“亿”即“无意”，于是写了首诗回给他。

全诗如下：

一别之后，
二地悬念。
只说是三四月，
又谁知五六年。
七弦琴无心弹，
八行书无可传，
九连环从中折断，
十里长亭望穿眼。
百思想，
千系念，
万般无奈把郎怨。

万语千言说不尽，
百无聊赖，
十依栏。
重九登高看孤雁，
八月中秋月圆人不圆，
七月半烧香秉烛问苍天，
六月伏天人人摇扇我心寒，
五月石榴红似火，偏遇阵阵冷雨浇花端。
四月枇杷未黄我欲对镜心意乱。
急匆匆，三月桃花随水转；
飘零零，二月风筝线儿断。
噫！郎呀郎，巴不得下一世你作女来我为男！

这个故事告诉我们：有文化是多么重要啊。（编/双　福）

NA TIAN XIA WU，YANG GUANG SI WU JI DAN

那天下午，阳光肆无忌惮

【一】

我一直怀疑，有些时候，我的眼是盲的，要不然怎么整整大学四年没有注意到刘冰呢。她没有这种感觉，因为她认识我。这从一个侧面说明了我在学校大小也算个名人——从这一句又可以看出我是多么能自吹自擂。

据刘冰说，因为我总是被一些人念叨，弄得她有时候也念叨，所以就知道了这么个人，远远望去，煞是好玩儿，好像一块排骨在行走。

关于排骨也会走路的问题我是有一些异议的，首先排骨不会走路，如果排骨都会走路，那么中国大学中就很可以出一些哲学大师了。既然排骨不会走路，那就肯定是说我长得像排骨，这个形容也是很不恰当的。因为当时我把一脑袋长头发染得鲜红鲜红的，所以，我对自己的描述是，一根精致透顶的火柴。

【二】

大学四年，我一直怀疑我生活在一个钻木取火的时代，因为没有人需要火柴。见到刘冰，我非常认真地修改了我的看法。

我经常嘲笑一些东西（也许不是东西），比如穿印着格瓦拉头像的T恤听盗版的士高的零点乐队崇拜者、留长发的伪摇滚混子、上课讲文学概论不知道卡夫卡是谁的大学教师、没看过《资本论》的政治经济学教师、酒后猛唱《流星雨》的乡镇企业家、丢了上半身的男女作家、10元一条的塑料h.o.t裤子、20元一套的紫砂壶……

认识刘冰后，我没时间嘲笑别人了，知道自己要做的事太多。我在她的领导下改邪归正，她在我的教育中改正归邪，我深刻体会到“相得益彰”这个词的含义。

【三】

世界上没有无缘无故的出名。在某种意义上我的出名得到了官方的认可。副校长急了，教务处处长拍了桌子（我对不起桌子），党委宣传部部长和团委的主要领导同志们也给予了充分“肯定”。于是，我办的那份颇让某些人不安的文学杂志就被查封了。惹祸的文章出自我的手。好长时间我用它打鼓，不写东西，再次动笔的时候，发现手上有了茧。

据我的老师凌家民说，我和刘冰在一起是很互补的，但又是极其不可思议的。刘冰是班级的学习委员，年年拿奖学金，我是60分之王，自信心严重过剩，几乎不学教材，不听课，最大的本事是把所有的课变成自习或干脆逃课。据我的老师杜萌若说，这样的选择是正确的，所以我四年中总往老杜家跑，跟着他学，顺便蹭他饭吃。老杜很欣赏我，讲课经常

拿我当例子，正面的反面的，给其他年级讲课时候也说，有时候不是我办的事也安在我身上（美其名曰：你是名人，比较有说服力）。结果以讹传讹闹出了不少乱子。

刘冰之前听了不少关于我的故事，她听到的那个版本是我处了好多好多女朋友，直到我俩接吻接到牙磕得叮叮当当的时候，谣言才不攻自破。刘冰说，杜老师是我出名的另一个主要原因，在某种意义上老杜在炒我。她说，在老杜的课上经常可以见到一块排骨睡觉，下课就和老杜一起走了，还说一些常人听不太懂的话。

虽然她这么说，我还是坚定地认为我是一根火柴。排骨会看《帛书老子校注》吗？会看卡夫卡吗？会让教务处的桌子哆嗦吗？会打鼓玩儿音乐吗？再说了，明晃晃一块小排骨大白天跟着老杜走多寒碜呀？

我和刘冰说："我要是岁数大，痴呆了，躺着不能动了，你就在我耳边说：'周游，你是一根火柴，我爱你。'我就会到天堂，或者冷不丁坐起来吓唬你。"

刘冰说："你真自私，让我照顾你。你好好地活呀，等我老了不能动了伺候我。"

我说："要不抽签吧。"

【四】

我和刘冰是在大学毕业后认识的，那天下午，阳光肆无忌惮。我们一起喝酒，但是没喝之前我就感觉自己多了。以至于想不起刘冰长什么样，只是觉得晃眼睛。

那一刻，我清醒地知道我完了。

【五】

快毕业时，我以英语高达37分的成绩考研失败。刘冰考上了北京的研究生。那时我俩仍然不认识。

夏天，我们几个朋友鼓捣的小剧场话剧正在紧张地排练。刘冰听说了，通过别的同学得到了我的电话。见过第一面之后，我们见了第二面。我那天说的第一句话是："咱们谈恋爱吧。"紧接着发现兜里没钱吃饭，只好带她回家吃，顺便见父母。我爸爸和我妈妈吓了一跳。

后来有一天，我们俩就磕牙了。总磕总磕的也没什么办法，实在没办法就给老杜打电话咨询，老杜听了之后乐得一塌糊涂说不出话了，后来乐得没办法，让师娘代为讲解。

据说这事让老杜颇笑了一些时日，并且很有几个人知道了。我就问师娘："老杜和你第一次接吻那时候磕牙不？"

"不磕。"

"那肯定不是初吻。"

我始终认为初吻应该结结实实地磕几次牙。因为既然是初吻就肯定是第一次，没有经验，没有经验就应该磕牙。我和不少人说了这事。据说师娘为这事没少找老杜谈心。

据刘冰说，磕牙是因为我太笨了。我觉得我不笨，我打鼓的技巧和速度都不错，从上大学到毕业，学校里打鼓一直没人比我厉害，我的鼓棒随身携带，故意在书包里露出一半。有人说像蜗牛触角，有人说像天线。现在还是这种装扮，估计北京没有哪个做编辑的比我打鼓打得好，我现在还天天练基本功呢。

刘冰说鼓棒挺好的，可以让我天天给她捶背。

【六】

我生日那天，刘冰在厨房说："周游，拿卷纸到厨房来。"我起身晕乎乎地拿了一卷。过了一会儿刘冰又说："再拿一卷！"我就又拿了一卷，然后继续倒在床上。刘冰冲进屋子英姿飒爽，拿着两卷手纸说："笨蛋，你看看装手纸的抽屉里有啥？"

我看见了生日礼物。那天，北京下了第一场雪。我们两个站在阳台上，看对面饭店的一墙红灯笼，沉默不语。

我深刻地理解了一个词语——"甜蜜"。

【七】

我给冰冰写了封情书，也算是一个小剧场话剧《假如我们为爱情想方设法》。打算排练完毕我们俩一起看，虽然这很麻烦，没有钱，都是穷人，穷乐和。

刘冰说我很乐观，很自信，能死撑，不过瘦得有些过分。还说我过了70公斤她就嫁给我。

"你现在多少公斤了？这几天是不是编稿子累坏了，看你又瘦了。"

"我现在的体重是……这个先不说了，今天天气真好，不是吗？阳光肆无忌惮。我要多写东西换钱花，每天喝半公斤牛奶，每顿吃三碗饭，业余时间多吃冰激凌和小点心，每天早起祝愿自己不拉肚子。到70公斤时我能写140万字，到时候咱俩看完咱们的话剧坐'三轮蹦蹦'吃烧烤。说真格的，我想这辈子把我的长篇写完，然后给你看。我还想把我们乐队弄好，出几张CD。我还想要咱们的孩子，最好是个女孩儿。"

"为啥？"

"女孩儿多好呀，像你一样漂亮，到时候咱家楼下天天有傻小子弹吉他唱情歌。咱俩闲着没事就往下倒水，石头剪刀布，谁输谁就倒一盆下去，我倒凉的，你倒热的。那个小子要是也像根火柴，我就找他上来洗个澡换件衣服好好谈谈。先问问有没有不良嗜好，再看看人好不好玩儿，问咱姑娘愿不愿意，咋样？”

【八】

过年，我给刘冰发短信——“你是我的2003年。”

刘冰给我发短信——“执子之手，与子偕老。”

刘冰喜欢猫，自号刘小猫。我起过的笔名有：周得猫、周有猫、周养猫、周爬树、周吐鱼、周打鱼（不带三点水的）……

刘冰叫我周小狗。据说狗总是被猫欺负的。我试过几次，是真的。我被降伏的消息被玩摇滚的兄弟们知道了，他们觉得这事不可思议。我也觉得不可思议。估计杜萌若应该是可以思议明白的，他给师娘写了两大筐情书了。各种文体的都有，还有骈文。

老杜平日里也是打不还手骂不还口，里里外外一把手。

我们都曾经桀骜不驯过……嗯，现在也是桀骜不驯，只不过有极个别人例外罢了。有时间真想找老杜单独喝酒，交流一下思想，叙叙旧。

我觉得我做得还很不够。

【九】

我选择在下午完成这篇文章。

为了等待那肆无忌惮的阳光，为了我所珍爱的冰冰。 （文/周 游）

YONG RUAN JIAN XIE QING SHU

用软件写情书

想和恋人分手，请用软件写情书！

早些年，听闻一个朋友被他的女友踹了。

原因是：那个混蛋用软件写情书，并且被发现了。

后来，他痛改前非又处了个女友，并向我请教情书的写法。我也不会。那时我还单身。并且晚熟得很严重。

这个故事告诉我们的道理是：

情书一定要自己写，哪怕放下面子去请教一些贤者。

值得一提的是，那些贤者基本不起作用。

有情才书写的文字叫情书。

重点在“情”，“书”不过是手段。

忽然想到有这样一个自动写情书的缺德软件，于是去百度搜，发现了这样的一些新闻。

辞藻华丽情不真“电脑情书”气煞有情人

电脑情书寄女友女友看了要分手

电脑情书拆散鸳鸯

于是，我便下载了该软件，点了封情书。别说还真是快。

值得一提的是，安装后我的ie主页被改成了该软件的网站。

下面的文字是那该死的软件写的。

你们可以联想使用效果。

尤其是长期使用的效果。

心肝嘉欣：

最近好吗？

你的秀发被风牵引着，你的衣裙被风轻拂着，飘飘曳曳，你弯下身轻轻抹平我在海边留下的脚印。

站在玻璃窗前，月光下的我，怀念过去和你的日子。

我对你的爱如滔滔江水，川流不息。又如黄河泛滥，一发不可收拾。再如日落西山，灿烂辉煌！

冬天，看着相拥的恋人，独自打着寒战。

正是因为爱才悄悄地躲开，躲开的是身影，躲不开的是默默的情怀；今天我终于鼓起勇气，向你表达我的爱。

世间本无沙漠，我每想你一次，上帝就落下一粒沙，从此便有了撒哈拉！

千万个不眠的夜里，你一直让我感动，只是因为相信有个人会爱我一生一世。

你像一首旋律流过心田，月光透过窗前唱着思念，我的爱是否你也期待，这份情怀……

不见你娇美的姿容已经一个星期了，真如七年一样。在这七天里，你的倩影无时无刻不在我心海浮现！

我曾经爱过，一个孤灯下的背影；也曾经错过，一场缠绵的丝雨。究竟是谁在徘徊，无尽的路，无法再对你倾诉……

不管今世也好，来世也罢，我所要的只有你。不论天涯海角，只要你需要我的时候，我就会“飞”回你的身边。

在爱的路上潇洒的我，潇洒地遇上了比我更潇洒的你。

我的潇洒像风。

因为有了你，我才愿意去照料好自己的身体，只为了将来陪你更久。

我要与你同坐在有着月光的草坪上，一起遥望着繁星点缀的夜空，讲述那人间古老的爱情神话。

不需言语，让我用行动告诉你，什么叫爱。当我第一眼看到你的时候，就知道你是我今生的唯一。

我曾有数不清的梦，每个梦都有你；我曾有数不尽的幻想，每个幻想中都有你；我曾有几百次的祈祷，每个祈祷中都有你。

你可曾知道，我每时每刻都忘不了我许下的诺言——无论发生什么事，我的爱不变！！

祝身体健康！

嘉人

2008年11月27日

补充说明：

这款软件的名字叫“魔法情书”。下载量巨大，请正在恋爱的朋友们注意查验已收到的情书。

另据消息：

某知名网站居然还有一种叫做“魔法情书”的手机短信服务。不过好像是很久以前的事了。

该服务对手机型号提出了颇高的要求，比如短信接收方至少要使用2001年上市的西门子3618。**（文/周　游）**

YU HAN TANG WEI LIN
与汉唐为邻

11月20日，我上午在长安县斗门镇一个叫中丰店村的地方采访，之后去了这个村子倒腾文物的一个村民家里。下午，又去了杜陵。

杜陵是汉宣帝刘询的坟墓，在他的土冢一侧，是王皇后的土冢。这两个土冢大些，周围有60多座陪葬的小土冢，王子王孙、文臣武将的。两年前来过一次这个地方，当时是和文物部门的人一起抓盗挖瓦当的人。

在汉代，这些土冢周围全是宫殿、庙宇、亭台楼阁，垮塌之后，就在现在不足一米深的土层之下，处处是当时的瓦筒、地砖。附近村民随便在地上捣鼓几下就有瓦当。于是，田地随便种几下，主业是挖宝。

他们挖出整瓦后，把瓦当敲下来卖钱，瓦片弃在一旁无人理会。都是上好的绳纹瓦。至于方方正正的青灰色方砖，更是扔在一旁没人过问。

上次来杜陵就想捡几个绳纹瓦的残片，由于在一起的人多，还有不少文物局的人，有点儿不好意思，捡起几块又暗自“嗨”了一下扔掉了。

这次是单独来的，有报社的车和一个带路的当地村民。我旁若无人地看看旁边几座大土冢，毫不客气地捡了一纸箱残瓦，还有两块非常完整的大方砖。

大方砖用来垫花盆，残瓦用来送朋友，留下一些装入画框挂墙上。

其实从上午起，我就开始留意起村民家门口、院落里摆放的东西，果真在村子里找到一个倒腾文物的。以前过眼的文物很多，却没太在意，今后要开始留心搜集了。身边专家很多，琢磨不透年代的，先拍成照片请人帮着定夺后再决定买不买。

我决定一个月之内，搜集全秦、汉、唐的残瓦，全部装上画框挂满一面墙。

两个月内搜集全秦、汉、唐的瓦当，挂两三排吧。

再搞两个上马门石拼在一起，上面放电视。

在中丰店村看中一个石狮子，对方开价9000元，准备过几天再去，以500元的价格拿下。

我承认自己性格里有很多恶作剧的成分，也承认在某些方面绝对是饕餮之徒。

杜陵附近的村民都是守陵人的后裔。下午随我去搬砖的村民，讲起汉武帝就像讲起他们家旁边刚考上大学的邻居家儿子。

有个大人物与李白作别后曾经在杜陵旁边住过十年，于是号少陵，这个人是杜甫。

杜甫到这里来是为了当官儿，考研没考上，当权贵的秘书也没当成，最后托关系找到皇帝，才被封了个县长。杜甫觉得官太小，后来又当了段库房的保管，最后才算死了那条当官的心，离开了杜陵。

如果搁现在，杜甫准被骂死了。

一个人会边吃烤肉边说：

少陵人挺好，也是天才，你说他为啥那么爱当官儿呢？巴结人巴结不上不说，还花光了家里的存款，最后瘦得跟抽白粉儿的一样，站马路上拦出租都没人敢拉他。

另一个则会说：

别提他那一把鼻涕一把泪的样子了，不但买不起房子，还欠了一屁股债，最后只能落荒而逃了吧。

遇到面相白净、口舌恶毒的则会说：

打击他，彻底摧毁掉他的自信。

再来一个文艺青年，会这样写：

少陵长相猥琐，除了会勾引未出阁的姑娘，这辈子一事无成。

当时杜甫为什么不考虑倒腾点儿文物呢？

我准备好了，今后与初相逢的朋友见面，自我介绍时，我会点头哈腰地说：

文物贩子、文物贩子…… **（文/王晓亮）**

WO MEN NIAN QING REN XIE DONG XI
我们年轻人写东西

我们年轻人写东西，其实是有规律的，大部分都是从无病呻吟开始。很多人保持这种呻吟状态会很久，有一些人呻吟时间长了，发觉没人过来满足自己，就开始寻找另外一条路。

无病呻吟的这种状态，主要表现就是写东西特别的忧伤，特别的灰暗，小小年纪似乎已经感召了生死。我发现很多人都是写感伤小骚文起家，不管他现在变化到什么出神入化的地步。忧伤是好的，是我们迈向生活、迈向光明的一把钥匙。但如果一直把这个钥匙攥到手里不去开门，一直保持这样感伤的状态就不好了。

众所周知，年轻人的感伤是没有力量的，是漂浮在水面上的油。

感伤带领我们走入文学之门，它好比一个引路员，到了门口就快速退下。推门进入则要完全靠我们自己，推开门后豁然开朗。里面暗藏生活、世俗、幽默、悬崖峭壁、万马平川……里面什么都有。至于选择什么，则看个人的喜好，但千万不要认为忧伤就是文字的全部，那是大错特错。

如果可以，我们应该在文字表达上更加世俗，更加生活，我们应该谦卑而谨慎地去与那些与你相反的人跳舞唱歌。

如果可以，我们应该客观而积极地去面对曾经自己唾弃和不屑一顾的事物。我们应该让自己得到垂怜后，用成长来验证当年的那些自我坚持的忧伤。

忧伤是美丽的，可它往往在年轻人的身上展现出来的是不堪重负的狼狈。它的美丽或许映照在老人身上会有奇异的效果，可如果让年轻人去玩弄忧伤，则是一种自讨没趣的庸人自扰。一个热爱文学的并且敢于思索的人，会在不断成长中明白：何种的忧伤是有价值的，何种的忧伤只是年轻时为求特立独行的一种牺牲。

积极而乐观的语言和文字，是很难控制的。和忧伤相比，它需要具备更多的能力和理智。

如果可以，我们应该锻炼自己观察生活的能力，换位思考的能力，勇于拼搏的能力，还有让自己安静下来定心而思的能力。这些能力对人的要求大大高于忧伤，而忧伤只能是脆弱的，是浮云飘过。当我们需要开始有意识地提升自己能力的时候，我们应该抛弃让自己停留的忧伤阶段。我们有义务让自己更加强大 ，我们需要解决问题，而不是发现问题，我们甚至需要创造问题。这一切都无法靠忧伤带来，因为它是消极的。消极只能待毙，它的力量还不够大，或者说它离有力量的一面还太遥远。

如果可以，我们不要忧伤，应该寻找另外一条解决之道。如果一个热爱文学的青年，只是把眼光放在抒发那些无用哼唧的语言上的话，那证明他还做得远远不够。当我们放眼望去，能够震撼人心留传于世的，都不是那些卖弄忧伤之作，而是生活的、幽默的、疗伤的、悲悯的作品。在苦中诉苦是很简单的，在苦中求乐却考验着人们。

早日摆脱忧伤，是一个青年对自己负责的表现，我们有义务去让自己在年轻的时候感受更多光明和希望。

当我们将已老去，那种自然而绝不刻意的忧伤，会好似莲花散发香味一样，自然而从容地验证那些我们曾经为之努力的道路。到那时，只需我们保持清醒的头脑，为自己作证。

写生活，写阳光，写一切值得讴歌和爱的文字。它不光能考查一个年轻人的真正的才智， 更让我们能够在面对未来成长道路的险阻和坎坷的时候，保持一颗最健康的心灵。 **（文/袁小名）**

LENG KU XIAN JING YU SHI JIE JIN TOU

冷酷仙境与世界尽头

——《葫芦兄弟》人物赏析

借用村上先生的一句话，只是想献给那些已经逝去的英雄和那些已经淹没的历史。冷酷的仙境、世界的尽头，这两对词组所散发出的微妙情感，竟与《葫芦兄弟》的世界奇妙地共鸣，我想没有其他更加合适的形容，能如此准确地描绘出这部动画的真实意味。《葫芦兄弟》在貌似简单幼稚的故事后面，其实隐喻着一个关于信念的故事、一个关于救赎的故事、一个关于牺牲的故事。比起锋利的刀刃，它更像是吟游诗人的纤细手指，只需不期然的几下撩拨琴弦，便触摸到了人类内心最深处，总能令我们在夜里惶然惊醒，然后怆然泪下。

一、开端、先知者老翁与穿山甲

一切的一切，都是从“第一次冲击”开始，以此为原点，整个世界开始急遽变化起来。

“第一次冲击”的地点位于葫芦山，而老翁作为目击者，看到了葫芦山崩裂成为两半，巨大的妖雾腾空而出，蝎子精与蛇精所到之处鲜花和绿树被蹂躏，小鹿跟飞鸟被冻结，本来祥和安宁的世界不再美好。

这场大灾变的起因是因为穿山甲误挖穿了镇压妖怪的葫芦山，结果刹那间飞沙走石，邪恶原力挣脱了束缚，开始肆虐四方。这仿佛是伊甸园故事的重演，《圣经》里记载人类的始祖亚当与夏娃违背神的律法，无法抑制自己的好奇，偷食了智慧果实，于是被盛怒的上帝赶出了伊甸园；同样在这里，穿山甲钻破了神的封印，于是被释放而出的邪恶力量毁灭了原本完美的世界。两个大同小异的故事彰显着同一个寓意：人类因为贪欲而导致的罪恶令他们最终失去了乐土。

就在这一大灾变发生的同时，身为目击者的老翁被光芒引导着走进了葫芦山的废墟中，凭借着手中的绿色仙草取得了“能够消灭妖精”的七粒种子。仙草是绿色的，是和平的颜色，是安宁的颜色，在整个外部世界都被妖怪的黑风所侵染时，唯有这一株绿色的仙草还保留着旧世界的记忆，而它是能够拯救世界的钥匙，这其中的象征，不言而喻。

当潘多拉关上了盒子时，“痛苦”和“疾病”已经飞去了人间，只有“希望”从此留在盒底；而当妖精们肆虐之时，仙草承载着葫芦种子，却悠然飘入了老翁的手中。而老翁本人，也从一名“目击者”，转变成了培育“适格者”葫芦兄弟的“引导人”。

就这样，在旧世界崩坏的同时，新世界的种子也悄然开始生长、发芽。与传统的剧情构造方式不同，老翁获得葫芦种子的经历是一条明线，而大灾变的起因和经过反而退到后台变成一条背景暗线，两下对比，创作者们如此安排确实用心良苦，他们力图在描绘充满悲观色调的灾难之时，仍旧能够给观众展现出一抹希望的光芒。

希望先于毁灭而存在，而不是相反，这是创造者们通过这一明一暗两条线的设定所传达出的信息。这不禁让人联想起《天空之城》中的天空之树，同样代表着自然的绿叶所承载着的，正是这世界的和谐本源，也是“眼”的所在。

如果说放跑了妖精的穿山甲是代表着人类的“原罪”的话，那么取得了葫芦种子的老翁就意味着神的“救赎”；山神说过：

“老人家，只要那七粒种子能够顺利成长，那么妖精就可以被消灭，一切全靠你了。”

明白无误地说出老翁的责任所在：他并非是拯救世界的英雄，他只是一名引导者，一名先知，一名为了世界的救赎而舍弃自己生命的基督。正因为如此，在整个人间濒于崩坏的大环境之下，穿山甲与老翁二人先后的死亡是极具象征意义的罪与救赎的必然结局。可以这样说，当他们接过葫芦种子，并将其种在土壤之中时，就注定要背负起命运的十字架，承担起先知的责任，以及痛苦。

于是，在一个看似简单单纯的开头里，整个世界的基调、每一个人的命运，就已经被隐藏在细节之中的隐喻所预示了。在第五话中，穿山甲为掩护老翁与二娃而被蝎子精杀死，他的死亡，是对“第一次冲击”的反思与终结：当他释放出大灾变的时候，就注定是要为之付出相应的代价，人类对更高层次的追求与自身力量的反噬，在此得到充满反讽意味的诠释。

然而，灾难并非因此就停止了，亚当与夏娃误食了禁果，从此每一个人降生时起就带着原罪。原罪由一个人犯下，但却要由整个世界承担。穿山甲的死完成的是自己的救赎，却无法拯救其他，从这个意义上来说，它的死多少有些悲凉与无奈：人类可以释放出灾难，但是他们可以回收吗？

穿山甲已经死了，真正要面对这个问题的，是老翁，他的回答是“葫芦种子”。其实就我个人的感觉而言，老翁更像是施洗约翰，他身穿骆驼毛的衣裳，腰束皮带，在荒野中不停地大声呼喊：

“葫芦近了。”

当葫芦兄弟们来到这世间的时候，他为这些“葫芦基督”施洗。在第一话、第四话中分明出现了老翁为葫芦藤浇水的镜头，穿山甲也曾经说过：

“只有多浇些水，葫芦们才能长得更快。”

我想这就是老翁被赋予的全部意义了吧。

在最终话里，葫芦兄弟们被困在炉中，即将灭亡之时，这名“引导者”面带着微笑掏出莲座，释放出葫芦兄弟们最终的力量，然后从容死在蝎子精刀下。他以自己的牺牲，换来了拯救者的重生，进而令世界恢复和谐，这才是最完美的人类的补完吧。

而现实中的我们，答案又该是什么呢？

二、舞动在暗影之间——蛇精与蝎子精

《葫芦兄弟》的世界观是相当封闭的，也是相当简单的，现实世界的纷乱庞杂在这里被简化凝炼成为数个鲜明符号特征的人物，使之更加具有寓言故事的属性。穿山甲象征着人类的软弱、贪欲以及反省；老翁意味着牺牲与希望；葫芦兄弟七人则是人类本身多种精神情感的具象化体现；与这些相反，蛇精与蝎子精的解放，却意味着另外一种精神的兴起。

这是一种黑暗的原力，然而又与传统意义上的邪恶不同。以往的邪恶，是一种纯粹的、充满了破坏欲望的邪恶，而相比之下蛇精与蝎子精的行为更加理性，更像是一个暗黑组织，有复杂精密的基地构造，有等级森

严职责明确的管理体制（每一话里，都有大量妖怪洞穴里迎击兵器的展示，而蝙蝠精、蜘蛛精、蜈蚣精、蟾蜍精的各司其职也令人印象深刻）。

无论是东方还是西方，蛇一向都被视做是狡黠的生物，其所代表的意义往往是“邪恶的智慧”；蝎子则普遍认为是阴毒之力的象征。创作者选择这两种生物拟人化，无疑暗示着这将是充满智慧与力量的暗色之面，象征着人类理性与本能的一面。

蛇精的智慧是可怕的，她拥有的是极端的理性以及勃勃的野心，当这两种特质结合起来的时候，恶魔诞生了。这是一位典型的马基雅维利信徒，无论是自己人还是敌人，都只是被她视做棋盘上的一枚棋子。在与葫芦兄弟的艰苦斗争中，她始终处于上风，总能第一时间洞悉葫芦兄弟们的种种性格上的弱点，并加以利用；每当看到她与葫芦娃之间的较量，就好像是看到了《jojo冒险奇遇》或者《猎人》中那种凭借谋略而非武勇的智慧型战斗一样。

必要的时候，她也可以运用政治手腕来打击敌人，前一分钟还是满腔怒火，瞬间就可以变得笑容可掬。这世界上既有令人流泪的艺术，也有令人流血的艺术，而蛇精则是属于后一种艺术家。

倒在蛇精尾下的，既有战斗中被彻底击溃的大娃、二娃和三娃，也有酒席外交中失了招儿的四娃和五娃，甚至连一度叛变的七娃也不能幸免。一直到最终话，代表着正义一方的葫芦兄弟们都一直被这个女人压得抬不起头来。她成为葫芦兄弟心目中挥之不去的灰色梦魇，因此也有人将蛇精称为是女性版的奥贝斯坦。（因为这个角色设定实在太出色了，在续作《葫芦金刚》中，创作者们又推出了形象几乎完全一样的美女蛇。）

甚至她的丈夫蝎子精，也是属于被利用的棋子之一。从动画中我们可以看到，几乎每一次的发号施令与决策，都出自蛇精之口，身为“大王”的蝎子精只有执行力而无决策权，地位明显被架空。这个精明的女人，永远是利益至上的，那种精确的计算，深邃的洞察力和可怕的执行力，使她成为最危险的妖精。不断地算计，不断地背叛，不断地利用，这就是她灰色的轨迹。

当蝎子精叫她夫人的时候，她代表着女性的自己；当七娃叫她妈的时候，她代表着母性的自己；而当她掏出如意，将眼前的敌人碾得粉碎时，她代表的却是谋略家的自己。女性与母性，也只不过是谋略的一部分罢了，这种冷酷无情的执念，成就了一个强者，而她最终也正是因这种执念而送掉了性命。

蝎子精却是个粗线条的人，性情中人，毫无顾忌，曾经只是因为四娃喝光了他的酒就号啕大哭。可是在种种粗豪的举动之下，却隐藏着对蛇精深深的爱。这种感情是如此强烈，以至于他甚至愿意为此舍弃其他的一切。蛇精架空他的位置，却从不见他动气，因为他爱她，爱江山更爱美人，所以会包容她的一切，并且愿意付出自己的一切。

仔细观察就可以注意到，无论何时，每一次蛇精出现的时候，背后总有蝎子精默默的身影，一直持续到了最后两个人的灭亡。

三、使徒的造像——葫芦七兄弟

葫芦兄弟们是不折不扣的救世主，根据《葫芦兄弟》设定集里的资料，葫芦种子是神为了克制妖精的力量而赐予人类的宝物，葫芦兄弟们就是神的使徒。他们由神的赐予而生，但却拥有着半人半神的特质，就好像古希腊的英雄们，全身洋溢着宛如青铜般凝重的质感。

七色的葫芦，代表了人类的七种情感，而这七种情感，又是世界的希望和基石，所以这实质上，是人类自我的拯救与补完。

第一种使徒的颜色，是赤色。这是热情奔放之色，充满理想主义的光芒。

大娃就是这样一个人，单纯、开朗，充满着激情，甘愿为理想的事业做出牺牲。当“葫芦藤第一次妖精来袭事件”（第一话）发生的时候，他首先站了出来，毅然向妖精的巢穴发起了挑战。他的力量和他的精神一样大而无畏。在他的身上，我们可以看到罗伯斯庇尔、切·格瓦拉等理想主义者的影子。

然而，激情也意味着冒进，往往不顾后果，就如同塔罗牌中的正位战车，过度的轻率反而导致了灭亡。

在第三话中，大娃正是因为贸然前进而致身陷泥潭，他的理想主义在现实中跌得头破血流。

第三话的副标题the chariot正好点明了“激情”的双刃剑特性。

第二种使徒的颜色，是橙色。这是温柔宽容之色，是发自人文主义的终极关怀。

七名葫芦娃中，二娃的个性刻画最为成功。耳聪目明的能力令他成为一个善良温和的人，对周遭的事物以及自然感触至深，有如一名感性的艺术家。在有他出场的几话里，我们甚至能够感受到二娃给人带来的那种如沐春风的舒适与亲切。

但是，温柔也意味着软弱，宽容也意味着轻信，蛇精洞察到了二娃的这个弱点，将其诱入了眼花缭乱的迷宫之中，象征着谎言与欺骗的迷宫伤害了善意与宽容，二娃终于被毁去双目与听力。

不过这并非否定了宽容存在的意义，在接下来的一话中，二娃被老翁和穿山甲救出，穿山甲因此而牺牲，完成了他自己的赎罪旅程；而二娃则被小鸟搜集来的露水医治好了双目，就好像《风之谷》中荷母群救回娜乌西卡生命的场景一样，善意与宽容在这样的关怀中重建。

二娃因人性之恶而受伤，又因人性之善而恢复，这不正是宽容之道在世间的行迹吗?

第三种使徒的颜色，是黄色。这是刚强坚韧之色，代表奋进与勇气。

除了最终决战外，最令人荡气回肠的，就莫过于三娃与妖精之战了。刀枪不入铜头铁臂的三娃受命于败军之际，甫一登场就救了老翁与二娃的性命，然后大败蝎子精，逆袭妖精洞穴，打得酣畅淋漓，意气风发，令人不禁想起“所向无敌”的梁朝名将陈庆之和纵横欧陆的巴顿将军。

《老子》里曾经有一个寓言，说牙齿掉光了，舌头仍旧在，以此来说明“柔软胜刚强”的道理。

三娃因为过于刚强而不懂屈伸，成了掉落的“牙齿”，反陷入了蛇精的柔剑束缚之中，终于失败，正应了《易经》里的那句话：

“亢龙有悔。”

这也算得上是“出师未捷身先死，常使英雄泪满襟”吧。

第四种使徒的颜色，是绿色。这是和平慈悲之色，是发自内心的呐喊。

水是平和的、内敛的，也是防御性的。四娃在七名葫芦娃中最有悲天悯人之心，从他一开始出场到结束，始终不曾伤害过任何一个人，包括妖精。对于他来说，喷水是为了救人，而不是伤人。虽然四娃不曾说过什么，但他的行动始终是遵循着这一原则，默默地扮演着一个辅助性的济世角色，宛如一片宁静的云。

“我们去救人吧。”（第七话）

这是他唯一一句令人印象至深的台词，却折射出了他整个的人生观。

于是，在第八话中，以他为主导，葫芦兄弟们第一次与妖怪握手言和，并且出席了妖精们安排的宴会，希望能通过谈判的形式来消弭战争。

能够不流血而解决争端，这就是四娃最大的梦想。

有如此胸怀的人，从来都是一个悲剧性的角色，四娃最终倒在了无边的酒碗之中，倒在了他曾经救过的人的阴谋之下，和谈原本只是骗局。

喜爱和平却又不得不与宿命的敌人做无休止的抗争，不想伤害别人却总被别人伤害着，这个与其说是他个性的悲剧，不如说是时代的悲剧更要来得恰当。

第五种使徒的颜色，是青色。 这是愤怒不平之色，疾恶如仇。

火焰达到特定的极高温度，就会变成青色。五娃喷的是火焰，喷的也是他的愤怒，比起他的孪生哥哥四娃来说，简直就是两个极端。五娃对周

| Her Gourd |

遭的事物时时保持着批判的态度，从来不忌惮直爽地表达自己的不满。在他的心目中，世界上有着好与坏、善与恶的鲜明区别。一旦确立了方向，就要全情投入，容不得一丝杂质与逆流。在第七话中，他对四娃说“早知道是妖怪，就不该救他们”，而四娃对此保持着沉默。兄弟二人的对话体现了两种截然不同的价值观。

在妖精的鸿门宴上，至阳的五娃饮下了至阴的冷酒，于是总爱极端化的他终于又走了一次极端，并且倒了下去。

第六种使徒颜色，是蓝色。 这是开朗活泼之色，乐观向上，迈进自由王国。

如果说要评选最有人气的葫芦娃，那么就非六娃莫属了。他是隐形的，是自由的风，无拘无束。凡俗的道德藩篱，无论妖怪的还是葫芦娃的，都与他无关，他喜欢做自己喜欢做的事，率性而来，随性而去。

在第一十话里，六娃大闹妖怪洞穴，将他的这种独特的美学发挥得淋漓尽致。无论是宝物如意，还是妖怪的毒液，都无法束缚这名纵横无度的青年。

当年，令狐冲在思过涯上学得独孤九剑，天下无敌，究其原因，正是因为剑法本无招，也就无从破解。

六娃也是如此，行事本无踪迹，也是无从下手，所以即使狡诈如蛇精，也对他束手无策。比起其他一脸凝重、视使命高于一切的葫芦娃来，六娃的战斗更像是一场游戏，飞舞在敌群中的他仿佛天真烂漫的孩子，我们不断听到他爽朗的笑声，“使命”对他来说，无非是“兴趣”的附带产物罢了。

这自由奔放的意志，使得六娃成为唯一一位从未败过的葫芦娃。

第七种颜色，是紫色。这是阴沉思辨之色，是七色中最为接近黑色的颜色。

七娃的倒戈是整个动画的重大转折点，当他自葫芦中诞生出来，向蝎子精和蛇精喊出一声“爸爸妈妈”的时候，令所有人为之错愕；先前六娃东奔西走营造出的大好局面因此崩溃，整个正邪对比态势急转直下，葫芦娃“净化世界”的行动一下子跌到了谷底。

七娃是特别的存在，他的能力凌驾其他六位葫芦娃之上，却是以最小的弟弟身份出现。这一事实，成为他心头挥之不去的阴影；而“完全依赖葫芦宝物”的能力，也使得他对于哥哥们怀有难以名状的敌意。

这是一位拥有葫芦们最后的也是最强大力量的葫芦娃，却无法抵挡蛇精的精神污染，结果他心中隐藏着的阴暗一面，在精神污染侵蚀之下急速地扩大起来。

表面来看，是妖怪们的毒液起了效果，但从另一个角度来说，七娃内心也未尝不是在暗自渴望这样的结局，紫色本就是阴暗之色。

我思，故我在。

七娃在七个人中最接近哲学家的气质，但也正因为如此，思考得太多，非但未能去除心理上的阴影，反令自己陷入更加困惑的境地。

很难说在七娃的心中，究竟使命、哥哥们和力量哪一个更重要。这种彷徨与矛盾，终于在蛇精的污染之下成长为恶之果。当第十话中，六娃和七娃同被妖精擒获，六娃毫不犹豫地挣脱了束缚，而七娃却始终无法和六娃一样，轻轻地跳出罗网，潇洒而去，他为自己加的心理枷锁终究还是太重了。

精神污染，这是对七娃叛变具有关键性的一步。令人值得玩味的是，这一手法，是经蛇精之手来完成的。而在《圣经》中，正是由撒旦变成的古蛇诱惑人类走向堕落。

蛇精也说过：

“人类其实是脆弱的生物。”

人的心中有光也有影，当阴影成长的时候，就意味着向着心之暗面的堕落。

诱惑与背叛，这可以说是人类永恒的主题，渴望生存的意愿最终却

HU LU XIONG DI
TIME
DE._GFIND.

导致了灭亡，追寻认同的存在却遭到了背叛，七娃的遭遇，实际上就是矛盾的感情悖论在片中的倒影。

四、终结与新生

最终的决战，是葫芦娃们与妖精之间展开的。这时候七名葫芦兄弟已经团结一心，心的补完已经圆满，而老翁也完成了他救赎与引导者的工作，慨然死去。面对进化后的葫芦金刚，蛇精的一切智慧都无济于事了，最终，邪恶被镇压，新的世界诞生了。

葫芦七兄弟，代表了人类的七种情感。单一的情感，并不能构成整个人格，唯有将这些聚合在一起之时，才算是完整的。放纵自己在特定一个方面的情感，就会使得平衡感彻底失去。每一位葫芦娃的失败，其实都是肇因于是，激情的大娃败于激情，温柔的二娃败于温柔，而当思虑过度之时，则是走向反面的七娃长长的身影。这就如同是七个简短的寓言故事，折射出在现代社会中一味滋养偏执极端的人类情感，并由之产生的性格缺陷，让邪恶的负面情感吞噬了自我。

D．A．兰斯曾经说过：“性格方面的不健全，往往导致了行为者本身超脱常识以外的偏执，这是必然的心理悲剧。”

然而，人类是否永远无法修正这一缺陷呢？对于这一点的疑问，创造者们给出了他们自己的答案。在最终话决战之前，葫芦娃们被困在了炼丹炉中，老翁祭出莲台宝座，使得七人最后得以重生，并进化成为使徒的最终形态，引导世界归于正途。殉道者与救赎、救世主与牺牲，所有的伏笔与线索在此交会融合。

最后，那在云端巨大化了的葫芦七色山峰，象征的正是人类走向和谐之道的心路历程。最终话的标题“七子连心”，无疑代表心的联合、心的补完。 **（文/马伯庸）**

附：《葫芦兄弟》各话副标题题解

第一话　神峰奇遇

副标题：

the paradise lost

题解：

《the paradise lost》，《失乐园》，英国诗人弥尔顿著，以人类祖先失去乐园的圣经故事为主题，同时描述了撒旦反抗上帝的叛乱过程。

此处暗喻本话开头整个人类失去和平世界的“第一次冲击”与妖精的再度诞生。

第二话　七色葫芦

副标题：

the league of seven I

题解：

七人的同盟，“七”是指初长成的七色葫芦，“同盟”则是点明了本话中七色葫芦联手击溃妖精袭来事件。

更深一层的意思是，league亦可以解释为“团结”，为最终话的结局埋下了伏笔。

第三话　误入泥潭

副标题：

the chariot

题解：

the chariot，在塔罗牌中为第七张，战车，牌面预示着强大的力量，但也有轻率冒进以致走向灭亡一途的意味。

而这正是本话中大娃的困境。

第四话　梦窟迷境

副标题：
magnanimity is magnanimityer's epitaph
题解：
全句意思为："高尚是高尚者的墓志铭。"
出自北岛的《回答》，从道德层面上评价了本话中二娃因轻信而遭妖精陷害的结局，信仰道德者反为其所累。

第五话　绝路逢生

副标题：
the death
题解：
死亡。这一话中出现了穿山甲死亡的场面。

第六话　钢筋铁骨

副标题：
achilles heel
题解：
阿克琉斯之踵。阿克琉斯为古希腊英雄，少年时因浸泡过冥河之水而刀枪不入，唯一的弱点就是脚踵，结果在特洛伊之战中被杀死。
本话中三娃也同样刀枪不入，但最后因为无法以刚克柔而失败被擒。这个典故暗示了三娃的弱点所在。

第七话　水火奇功

副标题：
dilemma
题解：
左右为难的状况。本话中四娃和五娃无意中拯救了妖精一族，副标题表达了他们二人的复杂心理状态。

第八话　酒酣心冰

副标题：
drink!　drink!　drink!
题解：
喝！喝！喝！
四娃五娃在本话中被妖精用大量的酒灌倒，结果双双被囚禁。
这一标题形式来源于日本作家村上春树的小说《舞！舞！舞！》，表示人在极度混乱下的精神状态。

第九话　幽谷彩莲

副标题：
a loutus in deep valley
题解：
副标题为正标题的直译。

第十话　捕风捉影

副标题：
catch me if you can
题解：
直译为“如果你能抓得到就来抓我”。
本话中六娃利用隐身特技将整个妖精群彻底玩弄于股掌之间，对此妖精们完全束手无策。
副标题出自梦工厂2003年同名电影。

第十一话　巧夺如意

副标题：
“the ornamental scepter, liston to my wish.”

题解：

“如意如意，随我心意，快快显灵。”

这是六娃取得密宝如意之后，在拯救其他葫芦娃时所念的咒语，该咒语是由二娃窃听而得。

这句话亦反映出葫芦兄弟们不得不求助于敌人道具的复杂心情。

第十二话　妖迷心窍

副标题：

the rebeland and his parents

题解：

反叛者和他的父母。

在这一话中，七娃被暗黑之雾进行精神污染，使得他完全走向反面，并称呼蝎子精与蛇精为“爸爸妈妈”。

第十三话　最终话 七子连心

副标题：

the league of seven II

题解：

“七人同盟”之二。

此与第二话副标题相互呼应，亦暗喻七人同心，使性格补完，揭示最终一战的意义所在。■

桑拿按摩
壮阳跌打丸
虎牌
啃得鷄
美国chicken
上海
帝豪
卡拉OK

WO DE PENG YOU LI JIA CHENG JI QI TA

我的朋友李嘉诚及其他

我的
朋友
李嘉诚
及
其他

——《北京CBD总会超高级会所周边菜市场诗抄》P252

A

北京的雍和宫是个好地方。

放眼望去，可以看见香客们奉献的转基因豆油。倘在黄昏入场，和着橙红的夕阳，便会有些目眩。若赶上沙尘暴，感受便愈加糟烂。所以，我去的时候，总会戴上墨镜。

之所以说“总会戴上墨镜”，是因为我只去过一次，以后便再也没有进去过。偶尔路过的时候，也都颇为匆匆。竟至连张望也没有过……

我的墨镜很大，可以遮住我黑色的眼睛。

牌子很牛，是雕牌的。

在居家男人的心中，食用油通常占有一席之地。

某年春天，我审时度势，果断地买进4桶5升花生油。花生油的保质期是18个月，我曾计算过，即使我天天都吃炸丸子、锅包肉、烧茄子、地三鲜，也用不完那4桶宝贝花生油。

下次乐队排练的时候，我打算送一桶给我的朋友李嘉诚。

转基因豆油我是不吃的。至于原因，你可以去百度搜搜看。

B

其实，我的真实身份是一个鼓手。

这件事，在北京只有嘉诚和其他几百个朋友知道。而嘉诚是吉他手这件事，却几乎只有我一个人知道。

1999年深秋，大学第一次点名。老师犹豫了一下，终于唤出“李嘉诚”三个字，角落里一个低沉的声音应了一声，掌声四起。从那时候开始，整个年级的人便认识了他。

后来听说，同届还有一个数学系的猛人唤做李莲英。我便经常拿这件事劝说嘉诚：

“不是挺好吗，不管怎么说是个正常人，你看数学系的莲英……”

C

我想，香港的那个李嘉诚弹琴一定没我的朋友李嘉诚好，而我的朋友李嘉诚搞钱一定没有香港的李嘉诚快。

遗憾的是，现在比较好使的是钱。而且，那个搞钱快的李嘉诚，我又和他不太熟……

我开了个图书公司，原本起名叫“同一本书”的，被告知不符合规则，只好放弃。若是香港的李嘉诚开个图书公司，情况估计就不大一样了，改名的一定是“同一首歌”。不过，我想他十有八九是不会开的……

香港的李嘉诚会买进原油，而不是食用油。他不会几升几升地买，更不会像我一样考虑保质期这种先锋问题……

作为一个大陆的居家男人，我也有自己的理想和抱负。

我经常考虑一些其他的先锋问题，比如发明一种红烧肉味的香水，或者消耗食用油的汽车……

D

我的朋友李嘉诚现在和我一样需要赚钱养家。

原本，他可以在大庆生活，安安稳稳地做人民教师，教高中女生语文——这对单身吉他手是多好的职业啊！——结果交了女朋友，不得不追随女友来到北京。

原本，我也可以在哈尔滨生活，安安稳稳地考研究生，和女研究生讨论茴香豆的“茴”字有几种写法——这对单身鼓手来说是多好的职业啊！——结果交了女朋友，不得不追随女友来到北京。

李嘉诚投了几份简历，马上就被一家公司叫去面试了，且是老总亲自召见。

老板：你是叫李嘉诚吗？

李：嗯。

老板：你以前有过工作经验吗？

李：语文老师。

老板：没在房地产公司工作过吗？

李：没有。

老板：……

李：……

老板：……

李：……

…… ……

老板：你可以试试嘛！

他现在是一家房地产公司的员工。

记得当年毕业的时候，疯传数学系的莲英找工作极困难，也不知道现在好不好。

我经常拿这事和嘉诚说：

“你的名字还是挺好找工作的，你看数学系的莲英……”

E

那天，很好的天气。

蓝蓝的天上点缀着几朵白云。

我和嘉诚去了雍和宫附近的一个排练室。没有主唱，就是乐器演奏。

大学的时候，嘉诚是主音吉他，我包办打击乐，主唱叫做马刚——一个身份异常复杂的大陆青年。

马刚曾是齐齐哈尔市冰球队的队员，因为声乐的专长被保送到我们大学，专业是历史。此人写得一手好毛笔字，从入学到毕业所有考试（含体育）全部挂掉。善吹牛，偶尔打架，体格健硕，相貌惨淡，交游甚广，后不知所踪。

1999年冬天，乐队参加演出，我和嘉诚提前4个小时就到了。闲着没事就去附近的发廊染头发。我选了艳红，他选了屎黄。按他的说法，我的是屎红，他的是艳黄。马刚后到，看了就笑。我们也觉得效果不佳。

接下来的情况是始料未及的，我和嘉诚的行情一路看涨。经常有院领导和保安主动找我们说话，女同学回头率也明显提高。第二年夏天，头发长了，咔嚓一剪，便又成了黑板寸。马刚觉得这正好是他拉风的好机会，便要染发，并毅然选择了屎黄。

我和嘉诚告诉他：染发就是把颜色涂在头上，然后扣个锅蒸。

小马听了若有所思，旋即去小卖店搞了个塑料袋。他先是把膏膏涂在头发上，然后像戴帽子似的把塑料袋扎在头上，提了把椅子赤了上身去楼下晒太阳。

那天，很好的天气。

小暑。

蓝蓝的天上点缀着几朵白云。

下午两点左右，塑料袋上有了水珠，马刚周围很多人围观，嘉诚给他送去了一些藿香正气水。

那之后我们演出了几次，有观众评价：那个黑人主唱嗓子不错，头发也新潮，就是唱外语听不太懂。

马刚的头发自然新潮，他的屎黄是一块一块的，远远望去，好像一盘没切好的干豆腐扣在头上……

F

在我和嘉诚的眼中，马刚是个梦幻的大陆青年。

有一次开学，他凑够了钱要买电脑的，交完挂科费之后就剩个鼠标钱了，而且只能买不带滚轮的“双飞燕”。于是，这个维特般忧郁的主唱在排练室闷闷地吸烟。

节奏吉他刘嘉过来劝慰他。

刘：挂多少?

马：14门。

刘：才14门呀，我17门。

马：怎么比我还多?

刘：因为我学的是电子工程。

马：……

刘：……

接下来,两个维特一起静静地吸烟。

我和嘉诚从未挂过，我们都是中文系的。

据说，数学系的大陆青年们，挂起科来也很是凶猛的。他们在开学的时候，都像马刚、刘嘉那样过着颇为俭朴的生活，估计莲英的日子也不会好过罢……

刘嘉也结婚了，现在已经成为东北铁路系统中数一数二的吉他手，在平凡的岗位上偷摸练琴，和我的朋友李嘉诚一样低调。

我：有时间练琴吗?

李：很少。

我：我也是。

李：你还可以，感觉和大学那会儿差不多，天天练吗?

我：打鼓扰民，只能给老婆捶腿。

李：你大学的时候用的都是5元一副的，这个好像得10元吧。

我：两根100元。相当于1桶5升花生油的价格，下次排练我给你拿一桶。

李：好呀。一看就是过日子人。

我：大隐隐超市。

李：……

G

那天在小饭馆，我和我的朋友李嘉诚说起我经常思考的一些先锋问题。

我：现在的香水太无聊了，都是花香，大家都忽略了饭香，嘉诚你可以投钱，开个香水厂生产红烧肉味的香水，小姑娘水灵灵的满身红烧肉味，多好呀。

我：汽油味太难闻了，嘉诚你可以投点儿钱，买几个博士搞个研究所，设计可以烧食用油的发动机。这样一来，我家那些花生油就派上用场了。奇瑞QQ嗖嗖开，一股花生油味，多好呀。

我：“同一首歌”欺人太甚，嘉诚咱把它买下来，把它名改了，叫什么都行。这样我的公司就能叫“同一本书”了。

嘉诚表示，即使有可能的话，他也一定不给我投钱。他会收购一些顶级的电音吉他和效果器。一定要成为房产圈第一吉他手。

我重申，我赚钱也是为了能收购一些顶级的鼓和其他打击乐。我走的是可持续发展之路。做图书的里面没有人比我打鼓厉害。

嘉诚说我文字很好，做图书肯定有番作为，即使不叫“同一本书”也无所谓。

我谦虚地说，我的文字不是很好，而是非常好。

H

那天喝了很多，聊了很多。

商量着每周末排练一次，要以“工作事，管他娘”的心态去排练。要专心，每天抽出一定时间巩固基本功。心态上做到今年28，明年20。勤洗脸。要写新歌，要找主唱，要找贝司，要在老婆监督的情况下演出，不要搞婚外恋，要低调，要腼腆。

不要拒绝和香港的李嘉诚先生喝啤酒喝可乐喝酸奶喝咖啡共进早餐共进午餐共进晚餐共进自助餐。

他若想学吉他可以免费教学，包教包会，毕业时签订就业合同，无效倒赔10块钱，并在周游公司制作所有图书的显著位置刊登长达8888字的道歉信4封。若还不放心，还可以赔偿 4 公斤两克拉的八心八箭的奥地利水钻，外加两块“劳诗丹顿”……

回家的路上，路过雍和宫。

我手里拎着鼓棒，如同拎着一桶保质期18个月的5升花生油。

I

北京的雍和宫是个好地方。

放眼望去，满院子都是香客们奉献的转基因豆油。倘在黄昏入场，和着橙红的夕阳，便会有些目眩。若赶上沙尘暴，感受便愈加不堪。所以，我去的时候，总会戴上墨镜。

之所以说“总会戴上墨镜”，是因为我只去过一次，以后便再也没有进去过。偶尔路过的时候，也都颇为匆匆。竟至连张望也没有过……

我的墨镜很大，可以遮住我黑色的眼睛。

牌子很牛，是雕牌的。

有的朋友说，你上一段写重了，怎么犯这种低级错误呢。

是这样，我喝多了就会重复地说话，而且一字不差。这种叙事手法不是顺叙，不是倒叙，不是插叙，不是补叙，是课本上没有的，很多醉汉常用的叙事手法——重叙。

我有个朋友酒后擅长四小节循环重叙法。

这种人，连我的朋友李嘉诚都害怕。**（文/周 游）**

JIA RU WO YOU 100 YI,HAI SHI MEI YUAN
假如我有100亿，还是美元

众所周知，100亿美元对任何人来讲都是个大数。绝大多数人的财产都要比100亿美元略少一些。但至少，我们应该有梦想。

那么。

假如你爆发了，有了100亿，还是美元。你打算干什么呢？

MSN采访实录：

李峤雪：（看天下传媒 市场总监）

(I)China周游：真的猛士敢于直面别人惨淡的人生 说：

帮忙做个调查，假如你有100亿美元，你打算干什么？

魔羯座火烈鸟 说:

我会办慈善机构，救助所有失学儿童。

(I)China周游：真的猛士敢于直面别人惨淡的人生 说:

全国的还是全世界?

魔羯座火烈鸟 说:

全世界！！

韩浩月：（作家）

(I)China周游：真的猛士敢于直面别人惨淡的人生 说:

帮忙做个调查，假如你有100亿美元，你打算干什么?

韩浩月 说:

拍10部国产大片，囊括下一届奥斯卡全部奖项。

(I)China周游：真的猛士敢于直面别人惨淡的人生 说:

拿钱砸吗?

韩浩月 说:

拿钱砸！

车缙：（红楼梦中人宝玉组三强）

(I)China周游：真的猛士敢于直面别人惨淡的人生 说:

帮忙做个调查，假如你有100亿美元，你打算干什么?

车缙 说:

这么多呀。

(I)China周游：真的猛士敢于直面别人惨淡的人生 说:

嗯。

车缙 说:

那我打算花钱雇人，专门给我做眼保健操。

(I)China周游：真的猛士敢于直面别人惨淡的人生 说:

嗯。

有前途！

户外采访实录：

一天，在中国传媒大学附近坐人力三轮车去城铁。车夫非常健谈，令人印象深刻。

他：你是学生吧？

我：不是。长得嫩。工作好些年了。

他：噢。白领呀。

我：不是。我是劳动人民。我女朋友厉害，她是北京朝阳区收猪队的副队长。

他：哦。你们都大学毕业吧？

我：嗯。

他：我现在也念书呢。勤工俭学。

我：哦。

他：你多大？

我：属猴的。

他：哦。比我大。我今年才25。念了3年大一，总挂科。

我：怎么称呼你？

他：我叫郭保健，小名郭四。就在传媒大学里面念书。我同学们都挺照顾我的，经常坐我的车。你出过国吗？

我：没有。

他：我出过。一年好几次。国外消费贵，所以我得多赚点儿。有时候去英国，有时候去美国。和他们交流。

我：厉害。

他：我外语可好了。

我：哦。郭兄，咱们的谈话我能写下来吗？

他：能。但一定得提我的名。

我：要是你有100亿美元，你打算干什么？

他：等我想想。

我：行。

他：我先拿1亿元成立个基金会，以后这片我朋友的车被扣了，我就替他们赎出来。然后我就开个三轮公司，天冷给兄弟们买点儿棉衣，怎么也得1亿元。剩下的钱哪儿遭灾了就往哪儿投，没灾就先存银行。这次四川地震我还捐了200元呢，要不是前几天赶上挨罚，还能多捐100元。

我：那你自己呢？

他：我不要。我挺开心的。

我感到这个幽默而善良的车夫强大的小宇宙正在熊熊燃烧。

就此打住。

仅以此文与全球各族人民共勉。**（文/周　游）**

YUE · KAI QIAO
悦·开窍

他们撬开你的脑袋，塞入各种心灵鸡汤，格言哲理。

小火慢蒸50分钟，每天一杯叶绿素，让你感受充足营养。

道理得细嚼慢咽，祖宗留下的，也得与时俱进。

多想想，子曰：生命在于琢磨。

本章价值在于独立思考，

分为以下几块：

★［挺格言的］

★［挺哲理的］

★［说说而已］

★［压卷之作］

天才
出于懒惰
Genius Is Always Lazy

TIAN CAI CHU YU LAN DUO
天才出于懒惰

犁的发明源自于一个农民不想耕地。
网的发明源自于几个渔夫不想抓鱼。
有巢氏接受了关于他为什么要造房子的采访，
有巢氏说：“我要享受生活。”

桥的发明源自于一些人不想凫水。
车的发明源自于一群人不想走路。
秦始皇接受了关于他为什么要修长城的采访，
秦始皇说：“懒得跟那些北方人打。”

电话的发明源自于很多人不想再写信。
电脑的发明源自于所有的科学家不都想做算术。
周游和陈思亮一起接受了关于有人劝他们勤快一点儿的采访，
他们一起说：“放过我们吧！”

勤奋的记者透过遥远的时空拉来了孔子。
孔子说：“朽木不可雕也！”
死懒死懒的宰予①和死懒死懒的莱布尼茨②一起说：“谢谢啊。”

——懒人说：要有光，于是爱迪生就发明了电灯泡。（文/陈思亮）■

注：

①宰予：孔子的学生。死懒死懒，白天睡觉（那时候晚上可没灯，有也不便宜，不是平民消费得起的——现在落后的农村还7点睡觉呢），孔子对此事评价为：朽木不可雕也。通常理解为骂人，但南怀瑾先生从善意的角度推测，说宰予体弱多病，不得不睡，孔子对此感叹说孩子底子就这样，教也教不好——爱信谁的，您自己掂量。

②莱布尼茨：德国哲学家、数学家。能不干活就不干活，发明微积分算法后20年没发表，让牛顿抢先。后来争论微积分归属权的时候，牛顿伙同英国科学院舞弊，强抢了归属权，但近代一般认为是牛顿和莱布尼茨各自独立发明了微积分算法。

SHENG MING ZAI YU JING ZHI
生命在于静止

正：每次晨跑可以延长寿命5分钟。
反：跑步需要30分钟。
算算：赔了。

正：爬5层楼可延长寿命36秒。
反：爬5层楼需要2.5分钟。
算算：赔了。

正：每次打球可以延长寿命1.5分钟。
反：打球需要45分钟。
算算：赔大发了。

据统计，世界上95%的人认为生命在于运动。
这个故事告诉我们，学好数学是多么重要啊。（文/陈思亮）

相关资料：

我说要印假钞，有个朋友过来跟我说，你这不行，印假钞犯法，国家说了，大票不让印，小票可以——这么办吧，我帮你印，咱印一块钱的，满打满算，连纸、油墨、推油墨那滚儿，反正这些东西吧，都算上平均下来每张50块钱——咱印假钞，你给我50块钱，我给你1块钱。我就想了，他是不是在骗我？

——郭德纲《我要幸福》

PA QI LAI DE CI SHU
爬起来的次数

一位父亲很为他的儿子苦恼，已经十六七岁了，却还是没有一点儿男子汉的气概。毫无办法之际，他去拜访一位拳师，请求这位武术大师帮助他训练他的儿子，重塑男子汉的气概。

拳师说："你把孩子留在我这儿吧。半年后，我一定可以把他训练成真正的男人。不过，这半年里，你不可以来看他。"父亲同意了。

半年后，父亲来接孩子。拳师安排孩子和一个拳击教练进行一场比赛，以展示这半年的训练成果。

教练一出手，孩子便应声倒地。他站起身来继续迎接挑战，但马上又被打倒，他又站起来……就这样来来回回一共18次。

拳师问父亲："你觉得你孩子的表现够不够男子汉气概？"

父亲回答说："我简直羞愧死了！想不到我送他来这里受训半年，看到的结果却是他这么不经打，被人一打就倒。"

拳师叹了口气，说："你只看见了表面的胜负。你有没有看到你儿子那种倒下去立刻又站起来的勇气还有毅力？其实坚强才是真正的男子汉气概啊！"

父亲觉得事情有点儿不大对劲儿，不过儿子最终还是学会了男子汉气概，大喜临头，一点点疑虑也就不再重要，所以父亲当即决定，宴请在座的所有人，作为对拳师和助手们的酬谢。

宴会在王桂兰包子铺如期举行，宴会途中，父亲发现汤碗里沐浴着小强一只，父亲立刻找服务员理论。在争执过程中，为销毁证据，服务员抢过小强生吞下肚，小强在临死前还蹬了几下腿。

宴会当晚，儿子在日记中写道：让我一直难忘的就是那天的比赛，虽然服务员以绝对优势胜出，但小强那坚强不屈的性格深深地感动了我。这是一只具有男子汉气概的小强，不仅在热汤中顽强地存活，即使最后落到服务员手中，它还是没有放弃最后的希望。它就是我的偶像，我的榜样。

可坚强的小强终究是死了，父亲在靠背椅上愣了两小时21分钟，发现小强的死比小强的男子汉气概更加真实。而自己的儿子呢，小时候是沙包，现在长大了，变成一个更结实的沙包。

后来父亲的想法在偷看儿子日记的过程中得以证实——儿子在另一本日记中写道：男子汉的本质就是打不还手骂不还口。确实，具有男子汉气概的人很受女性欢迎，父亲幸福的婚姻也证明了这一点。

父亲在继续发呆前吞下了3份硝酸甘油——按理说：挨教练这么一拳，一般人起码会骨折，一般人骨折就起不来了，骨折还能起来的那是星矢，但儿子确实是站起来了，看儿子的精神头，似乎毫发无伤，相反，打他的教练却有点儿气喘吁吁的样子。

于是父亲命令儿子立刻写日记，儿子写道：

不要等别人打到你，在别人还没打到你的时候，自己先倒下，这样他费了好大劲儿，反而吃不上力，白白消耗体力，还可以消气。我可以借教练的力气往下倒，剩下的事只是爬起来而已。

人生也是如此，当别人要杀你的时候，不要等别人动手，自己先死掉就可以了，这样不仅省了别人的心，还能让别人说你比较懂事。逆来顺受，这便是坚强的本质。

孩子最后引用了一句名言：

老子说：要柔……

父亲看到这里，小宇宙爆发，赏了儿子7个升龙拳，10个过肩摔，5个地狱车，两套龙虎乱舞，外加一个螺旋打桩。

父亲腰肌劳损，儿子毫发无伤。

父亲问："我已经把你打成这样了，你为什么不反击？"

儿子说："反击是什么？"

父亲解释："反击就是别人侵犯你的时候，你应该进行报复，就算不会报复，也至少要进行自卫，我要说的男子汉气概可不是经打。"

儿子："那有什么关系？反正我又没有受伤。"

父亲："你没有攻击的欲望吗？没有吗？"

儿子："有过，但如果反击，就会被打得更重。"

父亲："那么不反击就好了吗？"

儿子："实际上不反击也会被打得更重。"

父亲大惊失色："我的天，这么打你都没有受伤，他们到底是怎么训练你的？"

儿子从容不迫地回答道："开始是慢慢地打，后来加了力气，我说太轻了，他们就吊起来打，后来开始用铁锤，再后来用汽车轧，他们刚准备把我扔铁轨上，你就来接我了。"

父亲激动地教育儿子说："但是任何人都有不受到侵犯的权利，被伤害又忍气吞声的家伙，我们只能认为他是个窝囊废！”

儿子说：“可是你面对老妈和同事的时候，可是从来也没强调过这种权利。”

父亲：“……好吧，我们开始下一个问题。”

后来儿子在另一个日记本中记道：

我最崇拜的人只有一个——拳师，他让自己学会了坚强。

父亲盛怒之下找到了拳师，拳师面无表情地说：不要失望，即使别的什么都没学会，至少他学会了假摔。

很多很多年以后，拳师已经很老了，很多日子都没有人上门求教，从前的存款也渐渐清空，当拳师正准备明天再坚强一点儿的时候，门开了，进来一个人。拳师虽然已经老眼昏花，但还是认出，这个人就是当年那个孩子的父亲。

父亲带来一个更小的孩子，他说：“这是我的孙子，大概是遗传吧，他也仍然没有男子汉气概，我想让他到你这里来训练。”

拳师感动地握着父亲的手，不知该说什么好。

父亲握着拳师的手说：“我知道，一个人通常不会犯两次同样的错误，我的孙子就托付给你了。”

望着父亲的背影，拳师大声地发誓：“我一定会把你的孙子训练成最优秀的男子汉！”

出门之后，父亲到保险公司买了两份保险，第一份是说，如果孙子学不会男子汉气概，那么他将获得赔偿；第二份的内容是，如果孙子在训练中受了伤，他也将获得赔偿。

父亲终于长长地出了一口气，他想：哪怕孙子连假摔都学不会，他总可以靠这两份保险平安度过自己的下半辈子吧。 **（文/陈思亮）**

TUI KAI NA XU YAN DE MEN

推开那虚掩的门

有一天，某公司经理叮嘱全体员工，谁也不要走进8楼那个没挂门牌的房间，至于为什么，他并没有进一步解释。

一个月后，公司又招聘了一批员工，总经理对新员工又交代了一次："不要走进那个没有门牌的房间。"

"为什么？"这时有个青年小声嘀咕。

总经理严肃地回答道："不为什么！"

年轻人有些不理解，其他人劝他只管干自己的工作，不用瞎操心。可是这个年轻人偏偏有个犟脾气，非要进入那个房间看看不可。他轻轻地叩门，没有反应，再轻轻一推，虚掩的门开了。房间里放着一个纸牌，上面写着："把纸牌送给总经理。"

年轻人拿着纸牌走到总经理办公室，当他将那个纸牌交到总经理手中时，总经理一脸笑意地宣布了一项令人吃惊的决定——

"从现在起，你被任命为销售部经理。"

那个年轻人果然不负厚望，把销售部的工作搞得有声有色，红红火火。

——故事就像我们的历史，它总是留下它想要留下的东西而删节掉其他，我们知道的所谓历史，也只是一个接一个饱受删节的故事而已。

——摘自《一个神奇推销员的回忆录》

写下这些的时候，我已经不能再上房揭瓦、破门而入、进出烟囱以及和客户打架。但是，我一辈子都不会忘记，我曾经是个推销员。

我为我的职业感到自豪，这项职业一般人无法胜任，我们生活在风口浪尖，每天都会有人被客户打晕。但我是不同的，我曾经把一把斧子卖给白宫，把一把斧子卖给白金汉宫，在把第三把斧子卖给克里姆林宫之前，我退休了，这把斧子成了我毕生的遗憾……人应该知足，比起用一瓶啤酒卖给我三把斧子的非洲酋长，我的人生已经非常充实而幸福。

虽然我被称为神一样的推销员，但我知道，我只是众多优秀推销员中的一个，像我一样的推销员，以前有，以后还是会有，很多人才都会陆续地投身到这个行业里，因为它充满了刺激，让人欲罢不能。

我永远无法忘记我被任命为销售经理的那一天，我从那扇虚掩的门里走出来，用颤抖的手把纸条递给总经理，总经理用诧异而敬佩的眼光看着我，大声宣布我的职务。我并没有感到激动，也没有感到意外，我知道自己的实力，也知道这对我的职业生涯来说，还只是一个开始。

此后我在销售行业一直工作了20年，从销售部经理到销售公司的总经理，从销售公司的总经理到一个物流集团总裁，虽然我手下有很多人才，但是至今为止还没有一个人从那扇虚掩的门里走出来。

看着那扇虚掩的门，我总是觉得很寂寞。

直到我从业22年，在招聘的时候，有一个年轻的小伙子问我：“为什么不能进去？”

久违的兴奋又猛然冲入我的脑袋：“不能进就是不能进！”

小伙子一言不发，掉头走了。

我甚至后悔我的声音太大了些。

让我惊异的是，不到半小时的时间，小伙子推开我的门，从容地掏出那张已经发黄的纸条说：“你要的是这个吧。”

我连忙问：“屋里的地雷呢？”

“拆了。”

“屋里的陷阱呢？”

“小玩意儿。”

“你一拿起纸条，墙壁里的机关就会射出七七四十九支毒箭！”

小伙子抖了抖他破烂的衣袖：“还行，有三支差点儿射中我。”

我很不甘心，我一直以为如果上天有一个最宠爱的人，那个人就一定是我，但是见到他之后，我才知道自己所拥有的才能，竟然只是微不足道的一点儿。当年让我经历九死一生的屋子，对他来说，也只是儿戏一般。

“这是我自己后加的陷阱——在你拿起纸条之后，再碰到那扇门，你的头顶上就会掉下来一瓶浓硫酸、一瓶浓硝酸、一瓶烧碱和一瓶硝酸甘油，很多人都栽在这一步上，因为拿到纸条以后他们就掉以轻心了——这关你是怎么闯过来的？”

小伙子傲然说：“我从来就没有关门的习惯：如果他不买我的东西，我凭什么非要给他关门？如果他已经买下了我的东西，我又为什么要给他关门？”

我终于意识到我们之间的差距有多么巨大，原来我辛苦设下的埋伏，对一个真正的推销员来说，竟然显得无比可笑。

但有一点我始终想不通。

我问他：“那间屋子最可怕的不是各种陷阱，而是那间屋子闹鬼！屋子里一直充斥着死在陷阱下的推销员的冤魂，你是怎么从他们手里活着出来的？莫非你会驱邪？你爸爸是和尚？”

年轻人悠然地望着窗外：“我不会驱邪，我只是让他们每人买了我两沓烧纸而已。”

我的信心几乎完全被挤垮，比起他，我唯一的优势就只有多年以来的推销经验。

我对他说：“当今这个时代，生活压力过大，所以客户日益暴躁，那么就要求推销员要有强大的生存能力。身体好才能不被客户打死，足够灵活才能从烟囱钻进去，不知羞耻被客户骂走以后才不会上吊，手法够隐蔽才能在客户家安窃听器……”

年轻人听着，只是微微一笑。

第二天年轻人告诉我，昨天晚上他黑了一家著名超市的数据库，每个分店调进两吨白糖，两天以后货款会打到我们的账户上。

从那时起，我就知道我该退休了。

人生就是发现自己的才能，磨炼它，被人赏识，往上走，直到有一天被一个比自己更天才的人超越。

或者，一辈子碌碌无为……

我知道自己已经到了写回忆录骗钱的年龄了，我没有后悔，20年的时间已经为我赢得了足够的金钱与荣誉。我的孙子总是说，他长大了也要做一个像我一样的推销员。

每当这个时候，我总是慈爱地抚摸着他的头发说：

“爷爷已经老了，爷爷的经验已经不管用了，现在的推销已经不是敲门挨骂那么简单了，要学就向叔叔们学，或者自己慢慢地研究。爷爷能告诉你的只有两个道理：第一个是长江后浪推前浪，第二个是出来混总是看实力的！” **（文/陈思亮）**

NIAN NIAN YI YU “3 · 15”

年年一遇“3 · 15”

【上篇】

3月来了，天气暖了，树叶绿了。

3月是一个充满活力的月份，压抑了一个冬天的心灵开始蠢蠢欲动。

于是一群人从房子里走出来，到街上迎接这个春光灿烂的日子。

从前发泄精力的方法是学雷锋，扶老奶奶过马路；近些年，从出了王海以后，风向就又变了。

于是每个春光灿烂的3月，就有一个声音在冥冥中呼唤着我们："走，找茬儿去！"

对于一个活得不耐烦了的人来说，找茬儿很简单，请从基础学起：

比如你把商店的玻璃杯打了，你说杯子太滑，你又有心脏病史，杯子突然落地啪的一声巨响对你造成了巨大的心理阴影，于是要求索赔。

当然也有棒槌，不说心脏病，非说神经衰弱。

——那你去接受心理测试吧，做些树上骑个猴之类的问题，本来不衰弱也得给你整衰弱了；而心脏病人不发病的时候跟正常人一样，随你检查，我就是不发作。

这些都是小技巧，只要你放下脸皮，这点儿事一点儿挑战都没有，也不会为你腻歪的生活增添太多乐趣，所以这是新手干的事，我们要矜持。

所以这里得给大家介绍一个更有乐趣的行为方式：

做一个吟游诗人。

吟游诗人的作用是记载和宣传，不过通常世界上并没有那么多有意思的事值得我们记载并宣传，这个时候便要考验一个吟游诗人的功力了。

文学家说过，生活中本来就有矛盾，我们只是让矛盾更集中一些。从这个角度讲人人都有当文学家的天赋：

比如当年学雷锋的日子，我们也曾劝告过往行人，应当减轻交警同志的负担，于是我们都应该到马路中间去协助指挥交通。当然那时候还小，一个老师领一群红领巾，后来也不知道堵车堵了几个小时，反正我们是走着回家的，临走的时候交警同志热泪盈眶，握住老师的手热情地道谢：

“你们的好意我心领了，但您能不能找几个懂行的来？”

这说明堵车事件的直接原因是协助指挥的不懂行，而不是我们做事不力；我们宣传了乐于助人的精神，但那群外行没做好，这怪他们不怪我。

“3·15”是矛盾最为集中的日子，随便哪条路上都会堵得一塌糊涂：

“我说你司机会不会开车呀，前边有个一米多的缝你都不敢钻？”

“对不起啊，今天上街维权的太多了，您坐公共汽车算好的，您没看打出租的呢，您看下边下边，就那儿，那位那表情。”

于是我走下公共汽车采访了那位。

那位说了：“我说你司机会不会开车呀，前边有个一米多的缝你都不敢钻，告诉你你要不赶快给我找个厕所我就尿你车里，就是有你们这种没胆的司机才造成了交通拥堵，都两个小时了，我掐表，30分钟内你不给我开出300米我就到消协告你！”

于是我走到出租车左边采访了出租车司机。

司机说了：“今天是消费者权益日，所以我不敢揍他。”

这个故事告诉我们，不要像居委会大妈一样说那么多话，只要用某种看似好奇的手段把矛盾的双方联系在一起就可以了，这就是吟游诗人的最高境界。

交通拥堵，走路的人有福了。

走路的人来到他心仪已久的CD屋，等待他的却是紧紧关闭的大门。

走路的人咣咣敲门，敲了10分钟，老板从门缝里露出个眼睛来。

“对不起，今天停业，今天我结婚！”

“前年你就结婚！”（话筒）

“对不起，今天我儿子满月！”

“去年你儿子就满月！”（话筒）

“实话告诉你吧，今天我们全店出动，看见对面那个CD店不，那是我们的竞争对手，我们全体员工都化了装到那家找假货去了，找一罚十啊。”

“我也实话告诉你吧，今天我就是来抢你们店来了，你开也得开不开

也得开。”（话筒）

“你抢对面啊，对面开张呢。”

“再告诉你一句实话，他们那儿没有我想抢的碟，我去他们那儿干吗去呀！”（话筒）

你看，比刚才还简单，做一个好的吟游诗人，你连话都不用说，直接把话筒伸过去就行了。

【下篇】

一个吟游诗人不是只懂挑事，真正的诗人应该懂得悲悯，吟游诗人也是诗人。

神给了我一个悲悯的理由，它告诉我：你们只是在说，而他们却是在体验。

你从来没有见过一个如此忧郁的老板，静静地坐在货架旁一个阴暗的角落里，每一天他的眼中都要掠过一千多个人影，却始终没有人多朝他说一句话。

维权大军马上要来了，他们嘴里喊的是维权，眼里流露的却净是烧杀抢掠。

他说：“每年的这个时候，就是我们的年关。”

我问他：“为什么不关门呢？至少先避避风头。”

他猛地回过头，而我就这么一动不动地盯着他，突然他说：“往年确实是这么过的——但今年我决定不躲了，这么躲躲藏藏地活着，没意思。王石要爬山，老子要坑人，多年以来一直辛辛苦苦为小区广大三哥二嫂谋福利，今天咱也要行为一把。”

挑衅成功。

早晨8点半，小卖部迎来了春天的第一股杀气，杀气后边跟着市场杀手张三婶。

张三婶目露凶光："有橘子吗？"

小卖部也卖橘子，小卖部的橘子是8毛钱1公斤，不讲价。

张三婶说："昨天还6毛6呢。"

"今天进货渠道不好，能关门的就关门，所以就涨价了。"

"通方市场橘子7毛4。"

"宁波橘子5毛8，运费300，两天到货，逾期可以不交运费。"

"小陈啊，你知不知道今天几号？今天我可以去消费者协会告你。"

"消费者协会在大正中心，坐79路去1元，312空调车两元，回来价格相同。为方便消费者考虑，本店设有公用电话，5毛3分钟/1次通话，我不知道电话号码，您得问114，两次通话共1元钱，另外今天消协是热线，您问114那5毛可能白搭进去。"

"…… …… …… 这么贵我不买了。"

"对不起您老，让您白来一趟了，不过年纪大了，早晨起来走走也有好处。"

"算你狠，1公斤，给我挑水灵的啊！"

我如实地记下了这个故事。

后来我问他的感受，他说："这是一个小卖部老板的尊严。"

他还说："4块钱1公斤我都能卖出去，只是我不忍心。"

这个故事告诉我们，世界上总有大大小小的天才存在，大大小小的天才总有大大小小的尊严，大大小小的尊严背后总有大大小小的故事和事故，一个好的吟游诗人不要等大大小小的故事和事故开始之后才插进来煽风点火，而应该善于发现大大小小的故事和事故。

如果故事和事故已经开始了呢，也没必要为了吟游诗人的大小尊严去找另一个故事：

留下来，记下来，写个草稿，骗骗稿费，这是一种生活方式。

我在大地上诗意地栖居，别人另当别论。

——吟游诗人就是这么说的。 **（文/陈思亮）**

■BI YE SHENG DE YUN DONG HUI

毕业生的运动会

一

乐趣的重点不在于世界上发生了什么，而在于你从什么角度搅和进去……

招聘是一项综合性体育运动，前边讲究摸爬滚打，后边讲究说学逗唱，其特点为规模宏大，旷日持久。在招聘过程中，求职者积极拼搏，果敢进取，本着更高更快更强的精神，向一个个听都没听说过的公司发起一次次猛攻。据悉有关部门已经意识到了这个问题，并计划将招聘列为继麻将和电子竞技之后的最新体育项目。

体育不只有裁判和运动员，控制主动权的应该是主办方。从1984年洛杉矶奥运会开始，各大招聘会就瞄着经济利益发展。为贯彻有关部门的精神，近日招聘会大多露天举行。当然反对者也不少，有些人说露天是因为运动场便宜，但招聘会的策划人有力地驳斥了这种观点。

策划人这样说：室内招聘会造成人才心理紧张，从而使自己的才能无法发挥，现在我们把招聘会搬到空旷的室外，碧空如洗，芳草茵茵，如此良辰美景，劳资双方都能轻松地面对招聘，从而使合作可能性大大提高，所以说露天招聘是最有效率的招聘会。后来这次招聘成为策划圈中的经典案例，被圈内人士广泛传颂。

它成为经典的原因是：招聘会共3天，第二天下雨。

招聘会会带动周边产业的发展，比如盒饭业、道路清洁业、废旧酒瓶回收业，最后还有扒窃业。这时主办单位应该码起贸易壁垒，对其实行市场准入制度，具体实施方式可分为两种：第一种是进门交钱，第二种是出门交钱。

第一种比较适合盒饭业，3盒盒饭按一个人的价格收取门票即可；第二种比较适合废旧酒瓶回收业，30个饮料瓶按一个人收钱。但有些不法商贩利用铅球学院毕业生，对各种货物进行空中运输，而我们空中打击力量不足，难以对其进行有效的空中拦截。

虽然扒窃业总是冒充应聘者进入场内，也难以得到控制，但鉴于近年来招聘会对参与者的体能要求越来越高，扒窃业的产业风险逐年扩大，而利润空间却逐年缩小，据经济学家估计，未来5年内，扒窃业将不再成为招聘的相关产业，因此可任其自生自灭。

此外盒饭业带动的菜市场经济发展因与运动关系不大，可忽略不计；同理，自来水业和公安行业的经济影响也暂不研究。

二

博取承认是人生的一大乐趣。

这种乐趣不算高级，但乐趣都是从低级过渡到高级的，比方说先要吃饭睡觉，然后是混个社会地位，然后是实现自我的价值，最后才是追求哲学智慧艺术什么玄乎的东西。当然也有人自幼聪慧，比如我，从小悟了道，打算直接奔艺术去，可半道上饿坏了，不得已还得找份工作混饭。一条道跑到黑的也有，比如凡·高和凡·高之外的无数不知名人士，活着的时候啥都没有，作古以后有啥也都不是你的了。

所以乐趣这东西还是享受了再说。

最能体现别人承认的当然是招聘会，当然你心态要好，你是去玩儿的，不要指望什么。当然如果真聘上个联合国CEO，您也别硬为高远理想撑着，大不了干两年卷铺盖走人。

玩儿也有难点，主要难在一群大学生，忽悠一下就毕业了，之后才发现，交的是天之骄子的学费，得到的是沙丁鱼的待遇。招聘会人山人海，据悉收到面试通知的以体育教育学院毕业生居多，尤其是篮球专业和铅球专业。事后有人说是主办方贪便宜才选用的小场地，但招聘会的策划人又蹦出来有力地驳斥了这种观点。

策划人这样说：现代都市需要快节奏高强度的工作，胜任这种工作需要良好的体力，而且好员工也代表国家形象。所以主办方是本着负责的态度，帮助用人单位做第一次筛选，体力不好的直接干掉。

因此搅局的最大难点便是如何在众多大金刚之中脱颖而出，这时就看你是否能灵活应用自己所学的知识。据会后采访，某大学毕业生痛哭流涕地感慨道：“当初我倒是报个体校啊！”这便是不懂活用所学的典型。

此处介绍几个基本方法，如有其他方法可自行开发。

方法一，理科学生可回家，取硫黄……磨成细粉用卫生纸包好备用。所需物品可取自学校实验室，卫生纸用过滤纸代替，最后找ZIPPO一只。谁敢不让道就让他听响。

这一仗我们赢的是胆色，理科生随时与易燃易爆腐蚀剧毒物品为伍，体力虽然稍差，但胆色应该是理科生强项。注意，千万不要用汽油，汽油虽然爆炸剧烈，效果明显，材料也好找，但火情不易控制，而且中途就有可能被当成自焚嫌疑人抓走。

方法二，文科生请准备某文人散文一篇、麦克风一只、扬声器一只，于招聘会门口大声朗读，人群自然作鸟兽散，另外事先请拨通120电话，如有身体不适者随时送上车。

这仗我们赢的是坚韧的精神，文科生自入学以来，饱受各种无用文字摧残，在相同语言环境下，文科生的眩晕效果要比普通人轻许多，这便是西欧中世纪流行的精神控制魔法基本原理。

若朗读过程中夹有方言效果更佳。

方法三，艺术院校毕业生可使用群体恐惧魔法，具体方法是用自己能发出的最高音尖叫；或者干脆录制乐曲一首，乐器是汤勺和黑板，演奏方法不是敲，是刮。

注：此魔法杀伤力巨大，并且不分敌我，很有可能连考官一起干掉，所以千万慎用。

方法四，医学院毕业生可准备动物血袋一只，涂抹于额头、面颊等处，或者干脆倒在头上，如有挡路者可轻轻拍打其肩部，在其回头之际把脸凑上去，具体效果视挡路者人生经历而定。用这种方法的好处是可以不必考虑考官的感受，因为考官大多都是福尔马林里泡出来的，见多识广，大多不以为意。

这样一来，估计考官也认识你了，现在是认知的时代，名声好坏并不重要，默默无闻才是可耻的——所以说有可能的话直接就签了，不要犹豫，因为犹豫一天，也许工作机会就会被下一个人抢走。就算专业单位不签你，估计表演艺术单位也不会放过你，另外要注意的是，出门的时候多看看四周，否则极有可能被行为艺术家劫走，强行逼你入伙。

其实那些都不重要，真的不重要，重要的是不要在千篇一律的生活中虚度你的人生。 **（文/陈思亮）**

压卷之作

YA JUAN ZHI ZUO

袁小名　女　未婚

在百度搜索：

“袁小名”+“格言”，你会发现她是那里的编辑。

“袁小名”+“摄影”，你会发现她摄过很多影。

小道消息：

（以下消息出自作者之手）

请允许我夸一下我自己吧。

我不夸自己都对不起我自己。

这世界上还有我这样接稿爽快，写稿神速，从不拖稿，提前交稿，主动核对，听话卖乖的好作者没？

袁小名——编辑们的好奴隶。

袁小名——编辑们的好狗腿子。

袁小名——编辑们的左膀右臂。

JIU WEI YI ZHANG CHUANG
就为一张床

【一】

皇后其实是个很不错的孩子，就是爱幻想。这个问题让有的人感觉很严重，因为这个放到心理学上讲叫妄想症，放到世俗口吻来描述，就是孩子好好的就是感觉总醒不过来，老爱做梦。皇后之所以给人有这样奇怪形象，是因为她原来租过的那个房子。

皇后住的这个地方算个城市里的农村，这里的农民不耕地，也没地可耕，他们的经济来源就是出租房子。房子一出租，人就来了，人一来之后什么也来了：小商店、话吧、VCD出租、成人用品店、饭馆、洗头房、干洗店、澡堂子……几乎市面上能有的，到了这个地方质量都会降低三个档次，降低五个的都有。

这个地方还不能称为“原始”，因为“原始”这个词很纯洁。其实，这个地方不但不纯洁，还很污七八糟。比如，这里厕所长年新屎堆老屎，一栋楼房的厕所发出的沼气给全村的几百栋平房24小时供电是没什么问题的。还比如，这里只要停水就停电，只要停电就停水。不知道是哪个没有受过正规九年义务教育的人给这里接的电缆和水管线。再比如，这里所有饭馆的锅都朝着马路大敞着。这里长年累月地盖房，因为是农村，所以只有一条主要通道，所以每平均3秒钟就有一辆卡车尘土飞扬地经过。

有一种饭很能体现这里黄土高原的风俗民情……沙豆子炒木耳，这个菜皇后吃了很多年。所以皇后长了一个鸡的胃——喜欢吃干货，不爱喝水，消化功能还特强，这辈子估计当不了那种苗条的女人了。

这里的农民除了没把朴实善良带到城里，其他都带来了。比如说早起，这里早上5点多就开始轰隆轰隆地挖地基，这个地基可以持续挖5年，不知道的人还以为这个地方可能要盖个全宇宙最高楼。于是，每天皇后就伴着这个轰隆声音起来。她一看表，准是5点。这么早只有卖豆腐的西施能起得来。皇后不是西施，她只是一个喜欢在自己床上睡个温暖觉的普通人而已。如果说这个世界上有最可耻的事情，那一定是打扰一个熟睡的人睡觉。但皇后无疑被这种流氓行径一直骚扰着。

开始的时候她很气愤，她会打开窗户痛骂那些盖房子农民的母亲。但现在，皇后早绝望了，她只能在被窝里幻想着一个场景——她在无限美好的床上能睡到自然醒。这个场景美好得能让她忘记痛苦和愤怒，而可怜的皇后就每天靠幻想来自我慰藉。

有一种人，天生就和人不一样。皇后坚信。

她很坚信这个，因为她一直认为自己是那个和人不一样的人。但其实我们都知道，人不一样又能不一样到哪儿去呢？人就是个杂食动物，人要吃饭要排泄要做爱要睡觉，所有的人都是这样过来的，人到了一定年龄干这个年龄该干的事情，人这个动物其实都是一样的。

但皇后不这么认为，她觉得那些只是形容一个人表面流俗的特征而已。她觉得她虽然也干以上这些事情，但在内心上绝对是个奇怪的与众不同的人。事情就是这个样子，当你越在意什么的时候你就越无能为力。皇后越觉得自己是个与众不同的人，她就越受到媚俗痞气的困扰。她很希望自己能住个好点儿的房子，能逃离这个“全宇宙最高楼地区”，能不再5

点起来当豆腐西施。她想做个有钱的人，买张舒服的大床，能够有能力控制自己的生活。这样的享乐物质主义生活让皇后向往不已。这些前提条件是要有钱，皇后不但没有钱，连可能变成个有钱人的希望几乎都没有。皇后只有一个普通的家庭，只有一张普通的脸和一个很普通的屁股，她这个样子只有一个职业等着她去当，就是当个特工。这是个放到人群里绝对不会有人知道她会是特工的普通女孩儿，在一个需要成长和肯定的年龄里不停地幻想渴望着，并且不停地去证实自己的幻想并非幻想，之后还要排除世俗的诱惑证明自己是个与众不同的仙人。

皇后就这样慢慢地开始得病。

这些想法充分证明了皇后是个彻底的痴心妄想的幻想家。当然，她这个年龄爱幻想也是情有可原。皇后才20岁，才谈过一次恋爱，才开始戒掉边说话边绕头发的毛病，所有的一切对于皇后才刚刚开始。

【二】

在一个很平常的日子里，皇后在床上睁着大大的眼睛，她的样子让别人看了一定觉得很丑：头发乱七八糟的，油脸，眼屎，嘴角还有哈喇子的痕迹。女人起床后的样子大部分其实和皇后无异，一说话嘴巴里的味道和臭抹布差不多。但此刻皇后完全不介意自己到底是什么样子。她在自己的单人小床上平静地躺着，慢慢呼出如棉花一样柔软的气息。现在的皇后脸上没有一丝皱纹，没有一点儿疲惫，她的样子只能让一个老女人去忌妒。她就这样在一个属于自己的早上安静地躺在自己的床上。皇后没有悲伤，也没有高兴。脸上没有任何表情，其实皇后在想事情，这个事情是皇后存在的一切！

皇后想：她到底现在最需要什么？

皇后是个没有上过大学的女孩儿，她没有考上任何大学，她很想考上大学，之后找个很好的工作，之后有个很好的房子，之后有个很大的床，

What I need most?

之后就可以获得一种祥和的自由。那种自由如此迷人，那种每天可以随意睡觉，在大大柔软的床上自由翻滚的自由，那种自由是一个独立的人的自由，是皇后的梦想。皇后在自己的破烂小床上躺着，外面依旧是轰隆轰隆挖地基的声音。这个声音就这样伴随着皇后的美妙梦想。这个梦想皇后每天早上起来都要平静地去幻想一下，之后就无奈地起床，去面对自己最真实的无奈。这种残酷的无奈变成了一种隐性的摧残。皇后无非才20岁，她那么年轻，但她却一直没有微笑。

皇后梦想的第一步，就是想考上自己想要的大学。这个大学其实距离皇后很近，就在皇后租房子的附近，她每天吃饭都经过那个学校的大门口，她就站在路边，向学校望去几眼。那种眼神是这个世界最可怕的目光，所以就不忍心去描述了。其实，每天从这个学校出来的人，都心中在咒骂着这里。但皇后却巴望着要进去。

有一次，皇后进到校园，她心仪已久的校园。她只是进去上个厕所，之后盲目地在大门周围转两圈。她也只能有这么大能耐和出息，就这样都让皇后兴奋不已，觉得自己已经快要迈出了梦想的第一步了。她回去看着自己租的破屋子，突然多了丝丝的感动，眼泪在眼角打着圈圈。这些叫人看上去莫名其妙的举止，证明皇后还是个单纯的孩子。她是个有梦想的人，这个世界上有梦想的人一半都是傻瓜，另一半就是像皇后一样的有病之人。

皇后要考的学校是个美术学校。为了考这个学校，皇后离开自己的家乡，来到这个学校的附近租了个破烂平房。皇后是个有梦想的人，这样的人应该被讴歌，可是却往往被人耻笑。原因是这些有理想的人往往都实现不了理想，并且还可能越走越远，叫人感到滑稽可笑。

皇后的画总是那么的幼稚，所有看过皇后画的人都觉得皇后要是能把美术学院考上，那中国的艺术教育就到了尽头。当然，他们不敢这样跟皇后说。皇后心里也没有这么严重的意识，她是个很单纯的人，她只是每天不停地去画，去画。

如上面所说，皇后一直认为自己是个与众不同的人。她觉得她一定在画画方面有天赋，她坚持着自己的艺术天赋，忠贞不渝，她坚信着。虽然，我们不知道她这种毫无证据的坚信是哪儿来的，但对于一个像皇后这样的孩子，坚信比较任何事情而言都是好事情。

皇后每天都会在一个美术考前培训班去画画。她背着画架子，手里提着画箱，她觉得她这个样子实在是酷完了，她觉得这个样子的人才是个真正画画的人。其实她不知道，她的这种打扮叫人一看就知道是个标准的考前班的学生，一看就不是美院校内的学生。因为美院的真正的学生从来都不拿着这些东西在外面出现，他们恨这里，恨这些画具，宁愿逃避都不愿拿出来显摆。但皇后不知道，这种心情只有到了城里面才能明白，皇后此时，还只是在城外远远的观望者而已。

教皇后画画的老师是个美院的老师。这个人算是社会大环境下艺术的牺牲品。这个老师的名字叫崔反，一听名字就知道是个内心反复受到摧残的变态，内心和皇后一样是有病的人。这个老师正在被现实和艺术之间的界限而困扰。他认为自己是个在艺术创作上很优秀的人，但却因为不懂世故才只能永远当个助教，但他绝对不甘心于一辈子当个助教，在他心中也有个梦想，就是能够去国外的工作室深造，之后回来当系主任。当然，这样的野心放到一个正常人身上没有什么，但放到一个艺术工作者的面前就很严重。这种庸俗的野心无疑与艺术格格不入，因为在中国靠自己的艺术造诣实现梦想可能性是极小的。他的这些内心矛盾反映到外表上就是冷酷无情。他几乎从来不对一个学生表扬和鼓励，所有人的画都被他贬得一钱不值，尤其是皇后的画。他无数次奉劝皇后赶快卷铺盖回家去，别在他的班里丢人现眼。

这样的老师在一般人眼里就是没有师德，但在皇后眼里却完全不一样。前面说了，皇后是个与众不同的病孩子，她反而觉得这个老师很有味道，反而对这个老师倍生敬意，反而主动找这个老师交流心得。这样的举止只能让皇后的病越来越重。

【三】

有一天，皇后的房子停水停电，她就一个人来到画室画画。她摆好了静物铺平了纸，就在上面胡画一气。这个时候崔反一个人在美院给他分的单身破宿舍里燥热难耐。因为昨天他得知学校又把一个去法国创作室的机会给了别人。他等这个机会等了4年，他一个人躺在自己的破架子床上内心憋闷，觉得很不平衡，于是蹬上鞋就散步来到考前班的画室。他一推门看到皇后坐在里面在纸上浪费着颜料，他就更来气，立刻就破口大骂："画的是个屁！！"

皇后被吓了一大跳，手里的笔一下掉到了地上。她一回头看到崔反两眼布满血丝，和赛场上的公牛一样，立刻从内心产生了一种从来没有的、极其浓烈的崇拜之情。这种崇拜之情可以让皇后为他做任何事情。

"崔老师，我觉得我画的这些水粉一点儿也不透，死得很。"

"你还要透，你现在简直就没入门。"

"那怎么入门。"

"你就别入门，放弃吧，你这样的水平考进美院也痛苦。"崔反倒说了一句实话。

皇后内心一疼，觉得自己的自尊受到了打击。但她没有反驳，还是抱着崇拜和敬意的声音接着说：

"崔老师，我觉得我现在挺刻苦的，你不是说画画也是努力之中见成效吗？"

"你就没那个神经，你就没画画的天赋 。"

一说到天赋，皇后开始有点儿生气了：

"那你说谁有天赋？"

"别管别人有没有，反正你没有。"

“那你给我说具体谁呀？你觉得你有吗？”

“我也没有！我在画画上面一无所有！！”

崔反一想到自己去法国工作室的资格落空，嘴里吐出气话。

“那你还当我什么老师？你为什么还有资格教我？”

“我就是个废物，我没资格教你，你就给我滚。”

“为什么叫我滚，我是交了钱的，你把钱退给我，我就走！”皇后睁着眼睛说着。

崔反立刻摸着自己的口袋，反反复复就掏出来二十几块钱，也真够寒酸。他低着头说：“钱我明天给你，你现在走。”

“我不走，你把钱给我，我也不走。”这个就是皇后。

崔反抬头第一次好好看这个小姑娘，长得有点儿像他养过的一只猫头鹰。这个猫头鹰是他在渭南写生的时候捡到的，眼睛大大，脸圆圆的，嘴巴很刻薄。这个猫头鹰他养了两年多，结果上个月才死。他一看到皇后就想起自己养的那只猫头鹰，便叹了口气，消了消气，找了个凳子坐了下来。

崔反7年前毕业于美术学院，留校任教。到现在还是个助教，连个讲师也不是。其实，人是不能和人比的，但能这样想的人很少。崔反一直认为自己是个优秀的人，他把这种想法转移到一种无缘无故的自信上。优秀的人就一定要被人赏识吗？当然这个假设是不成立的，但崔反不这样想。他每天晚上躺在自己的破架子床上和皇后一样地惆怅和幻想着，他的心中也有一个床的梦想。

每个人心中都有一个床的梦想，都在为这个梦想悲苦惆怅着。

崔反说：“你为什么要画画？”

“我挺喜欢的，从小就爱画。”

“画画苦得很，还以后很穷。”

“是吗？很穷吗？可我觉得艺术很丰富呀！比如你看那些大师。”

“能有几个大师？现在大师都死了，死的时候惨绝人寰。”崔反非常认真。

“惨绝人寰?”

“嗯，别画画了，去干点儿别的吧！我看你笨得很，看得我着急。”

皇后没有说话低着头，过了一会儿，眼泪吧嗒吧嗒掉了下来。

皇后哭起来很可怕，是那种没声音的。哭了快10分钟了崔反才发现皇后怎么不说话了，一转头看到皇后在默默地抹眼泪，样子极其无辜。他立刻感到自己是个畜生，虽然他不知道自己这样的想法是从哪儿来，但他此刻极其地恐惧和不知所措。他就坐在那里什么也不说，就静静地看着皇后擦眼泪，心脏怦怦地狂跳着。

皇后哭完后，把眼泪擦干净，接着拿起笔就开始画了。崔反就这样跟着继续坐在她旁边看她画，偶尔给她指点一下。

3个小时后，皇后画完她人生中最有意义的一幅画，这幅画被崔反以后带到了法国。这是一幅永远也不可能有第二个人画得出来的作品。在崔反心中，这幅画叫他找到了自己真正需要的那张床。而对于皇后而言，这幅画证明着她的坚信是正确的。 虽然和世界上其他的坚信一样，有时藏在让人绝望的迷幻里。

皇后一共考了4次美院，她算崔反所有学生里最命背的。有的时候崔反想：皇后是不是真的有问题？她脑子是不是真的有点儿傻？她哪儿来那么大的勇气和希望？有的时候崔反会躺在自己的床上想起皇后，想她到底心里在想什么呢？一这样想，崔反心里就酸得很。因为有的时候，崔反也会莫名其妙地感受到一种绝望。他想着自己或许一辈子都要反复重复着这样的无谓的生活。在寂寞的夜晚他会绝望到哭泣，这样的感受让他丧失了所有绘画的冲动和欲望。他坐在椅子上烦躁不安，他画不出一笔，他江郎才尽了。面对这样的现实，崔反痛苦万分，他的样子可怜而又叫人无能为

We can do together?

力。就像长久以来皇后住在自己的那个破烂小屋一样，他们两个都有一种无法说出的不快乐感觉，叫自己不快乐，叫看见他们的人也一样不快乐。

【四】

当崔反第五次申请法国工作室的要求被拒绝后，他把皇后叫了出来。崔反和皇后两个人坐在美院附近的一个烤肉摊前。崔反之所以叫皇后而不叫其他人，是因为皇后是他班上唯一一个考了3次美院都没有考上的学生。对于同自己一样的苦难人类来说，皇后是能理解他的。的确，皇后很能理解他，他们喝了快20瓶啤酒。之后，两个人互相搀扶着来到了皇后的房子。

皇后把崔反放到床上。她此刻也头晕目眩，晃晃悠悠地让自己保持平衡。她给崔反脱鞋子，之后还给崔反洗了把脸，就一头倒在了崔反的旁边。时间就这样慢慢地过去。两个人都呼出均匀的气息。

有的时候想想，如果和一个人同时呼吸，是很浪漫的事情。比如相爱的两个人，彼此相拥，一起呼吸。这样的气息被赋予了一种绝对的浪漫色彩，有的时候不需要语言只需要彼此倾听呼吸的声音，两个人都可能产生爱情。但皇后和崔反是不可能有爱情的，因为皇后还那么年轻，此刻她的梦想里没有爱情的地位。当然崔反也是不会爱上皇后的，因为崔反看来皇后不光是个孩子，同时还有自己身上卑微的影子。他一看到皇后就能想起自己现在的破烂生活。可以说，皇后是他最痛苦的一个影子。

早上崔反先起来，他先是看到一个掉着墙皮的天花板，之后他看到了房子里的画具，之后就侧头看到了旁边的皇后，皇后此刻睡得和死猪没有什么区别，她的脸压成了蜡笔小新的模样，而且嘴角还有哈喇子的痕迹，皇后睡觉就爱流哈喇子——这个是馋猪尾巴的原因。崔反原来也爱流哈喇子，经常起来头发被自己的哈喇子搞得和刚洗过头一样。于是他看皇后和他一样流哈喇子觉得很有意思，他就躺在那里，扭过头去一直看皇后，突然他叹了口气，就这样默默地起来。

皇后一直睡到中午才起来，崔反就在房子里画了一张皇后的睡像，画里面的皇后两只手张开，脸侧着蜷在自己的怀里。

“哎呀！别动！”

皇后醒了，崔反在旁边叫道。

“怎么了？我身上有虫子吗？”

“不是，我在给你画画，你刚才的姿势很好。”

“哎呀，可我饿得很。”

“你是饿醒的吗?”

“对，我做梦梦见，我追着一个卖饼子的跑，他一溜烟就不见了，我就突然饿醒过来了。”

崔反笑了起来。

“那你别动，我给你先拍张照片，我要看颜色。”

崔反说：“皇后，你知道自己是什么颜色的吗？”

皇后说：“红色的？”

“不是，你是透明的。”

“透明是色彩吗？”

“在我看来，算吧。因为你对自己很清楚，知道自己要什么。其实这个世界上的人可以分为两种：一种有颜色，一种是透明的。”

“那你觉得你是什么颜色？”

“我？我可能也算透明的吧，因为我感觉我们是一样的。”

崔反画完这张画就把它悬挂在最醒目的地方，这个画是他近期最满意的作品，他烦躁不安的时候会看着这个画笑出声来。终于有一天，他把画翻过来，在画的背后写下了一段话。他写完这段话突然觉得自己变了个人，他觉得去不了法国又能怎么样呢？他觉得当不当系主任又能怎么样？他突然觉得这些自己一直追求的东西简直无聊透顶，他怎么能把自己的快乐和悲伤都赋予在这样无聊的事情上呢？他看着自己近期画的那些画，他静静地看着，都是一堆垃圾。他有什么资格去说皇后画的画是破烂？他拿出那天皇后的那张色彩，突然有了份很久没有的感动。那一刻，他认为皇后的确是个与众不同的人。他突然一下子把这个小孩儿看懂了，她想要的和她努力要的。崔反立刻穿上鞋，来到皇后住的地方，路上他走得飞快，他不知道自己为什么要去找皇后。管他呢，反正他就是要去找皇后。

皇后此刻正躺在自己的床上否定着自己。她觉得自己算是一个废物，一个一无是处的失败者。这辈子就这样绝望地死去。可能死了一个星期都没人发现，或者尸体被野狗吃掉。

皇后这样想着，听到急促的敲门声。她怯怯地问谁，一听是崔反，她穿着趿拉板儿下床开门。一打开门，崔反就把皇后一把抱在怀里。崔反此刻绝对不知道自己为什么要抱着皇后，皇后也绝对不知道崔反为什么突然跑到自己的世界里把自己抱住。但不管怎么样，崔反就这样抱着皇后，皇后也把自己的身子站直了让崔反抱。

崔反说："叫我摸摸你吧。"

皇后点点头。

之后崔反就摸着皇后的头发，皇后有一头很长很长的头发，有一双很大很好看的眼睛，有一个很可爱的鼻子，还有一个很迷人的嘴巴。但皇后都不知道这些，她是个对自己长相没有概念的女孩儿，但此刻的崔反却觉得皇后是很漂亮的。

"有人说过，你的侧面很像佛吗？"

"佛？什么佛？弥勒佛？"

崔反笑了："不是，是那种很迷人的佛。在古印度，那种佛象征着平静。"

之后，崔反把皇后紧紧地抱在怀里，他没有吻她，也没有抚摩她的身体。他就用双手抱着皇后的肩膀，抚摩着皇后的头发，之后就慢慢地睡着了。皇后也睡着了，他们第一次睡得那么香，似乎这里就是他们一直要找寻的那张床。那么大，那么柔软，那么自由，那么随意，似乎他们彼此都很满足，梦想突然一下子变得唾手可得。

有个叫杉木的男人，他中年感到很困惑。在一次很偶尔的时候，他在地铁上看到了一个舞蹈班的美丽女老师望着窗外，当时他的内心突然感到一阵释然，他于是决定抱着勇气去接近她。于是他开始学跳舞，学跳舞的这段时光是他少有的快乐时光。慢慢地，随着他的舞步成熟，他也明白了自己所真正需要的东西。他和这个舞蹈老师之间的关系很纯洁，但其实也不纯洁。

这个世界上人和人的关系其实都很微妙，比如皇后和崔反。这个世界上绝对有一种美好的精神关系，这种关系不是性，不是爱情，不是友情，是一种倾慕和信任，是一种温暖得让人想一想就觉得很幸福的满足。这种关系很少有人能理解，但无所谓，那些心思细腻的人值得炫耀自己拥有了这样一种关系，男人和女人之间可以有纯粹的美好关系，互相帮助与信任，就像崔反和皇后，他们什么也没有，但却什么也都有，就像《谈谈情，跳跳舞》里的杉木和舞蹈老师 。

【五】

在一个破烂的小平房里，住着一个姑娘，她的名字叫皇后。她虽然名字很气派，但实际上充满着悲哀。在一个很美好的季节里，这个姑娘却怎么也笑不出来，因为她在外漂泊，不光没有安全感，还很背。她有一个愿望，就是能在一个属于自己的柔软大床上幸福地睡到自然醒。这个梦想对于皇后来说就比摘天上的星星还难，她在寻找这个床的梦想过程中认识一个和她一样寻找自己梦想的男人崔反。崔反也有一个床的梦想，其实所有人都有一个床的梦想，但因为这些梦想其实几乎没什么意义，所以才有了很多的写头。

如果说想要什么就得到什么就叫幸福，那皇后就真的不算是个幸福的人。当皇后第三次考试失败的通知到来之后，皇后又陷入了反复的绝望里。皇后进门甩掉包站在门口就哭了，她哭得那样真诚，让所有人都知道此刻站在这里的是一个伤心的孩子。她就站在那里，把头抬得高高的，眼泪就这样从她的脸上顺着脖子流。

皇后就这样哭了20多分钟，之后她累了，擦干眼泪慢慢地走向她的破烂小床，她似乎注定要永远睡在这个床上，她想她是多么可怜无助，当自己极其悲伤的时候只有这样一张床来承载着她的悲伤。她这样想着，就越来越伤心。但此刻，这样的伤心是发自内心的无能为力，她几乎伤心得连眼泪也一下子没有了。

当你很热的时候特别想喝一杯冰镇啤酒，突然你眼前就有一个小摊儿，那里的啤酒唾手可得，那是多么幸福的一件事情。就算你是千辛万苦才追寻到一杯啤酒，只要你能把它美美地喝掉，那也算是由衷的幸福了。可是此刻的皇后，却永远都得不到自己想要的东西。她似乎连希望也没有了，她此刻躺在自己的床上，看着天花板，感到的是绝望。幸福的反义词不是“不幸”而是“绝望”。绝望就是一个人永远也不可能幸福，绝望就是一个人最最悲苦的感受，当一个人体验到了绝望，那这个人其实在本质上就等于死了。皇后此刻就在自己的破烂小床上等死，她觉得自己能做的都做了，几乎注定要这样死去。

之后，皇后随手拿起床上的基督教的福音书，翻开一页，突然看到上面这样写道：

“新光亮的到来，未必那么安静，它倒可能像一次地震，它将会向你指出你应该付出一些你过去所没有对付过的一些罪，它可能要求你放弃某些根深蒂固的看法、想法、做法，在那时，你在新的光亮中卑微顺服呢？还是拒绝看见它呢？这就是考验了！”

皇后反复把这句话念了3遍，她猛地坐起来。她突然感到这句话就是给她写的。她摸摸自己的床，就这样微笑地睡着了。皇后就像一个微不足道的小虫子一样努力地去找着自己的平衡点。但如果一句话真的能改变一个人的一生，那世界几乎就没有庸俗的平凡人了。皇后单纯地以为这句福音就此改变了她的观念，叫她走上了自己希望的道路，那是做梦。皇后能做的就是换了一种积极的心态去面对，把那些不如意当成了成功之前的重大考验。她有的时候坐在画室里能笑出声来，她觉得自己马上就要看到新的光亮了，如果一个理智的人此刻能明白皇后的心思，那他一定能心酸地哭出来，也许这就是皇后如此不幸福的原因了。

有的人是很现实的，他几乎没有什么特别想要的，也没有什么特别不想要的。他不忌妒别人怎么好，也不反省自己怎么不好。这样的人应该在娘胎里就高兴地跳一个舞，因为他注定一辈子远离绝望，但皇后绝对不是这样的人。

皇后对现在这样的生活极其地不满意，她想起自己那三次失败的考试，想起自己的孤独无奈，想起这里早上没完没了轰隆隆的噪音，现在还要去想崔反。她越想就越不满意，她觉得自己简直就是生活在粪坑里，她臭得都无法自拔，恨不得一刀子把自己抹了。虽然皇后的想法很极端，但还是有逻辑可寻的。崔反在皇后最混乱的时候出现，叫皇后连安静下来去喜欢他都成为不可能。虽然她有的时候会想念崔反，想知道他现在在干什么。虽然她也有过对他几乎不切实际的幻想，比如皇后会偶尔幻想一下他们亲热是什么样子，这个是小女孩儿爱干的事情。

皇后躺在床上，拿被子把自己的一张大圆脸盖去一半，就这样偷偷地去想一下崔反。

然而此刻的皇后一定不知道崔反其实也在困惑着。他同样躺在自己的小架子床上郁闷。

崔反觉得这个世界上最最复杂的问题让自己摊上了。他有点儿奇怪自己现在的一些举动，当然具体点儿说就是对皇后的那些举动。他内心很不情愿地去想着问题的答案，他几乎很怕去想这个事情的答案，但却不能克制地还要去想。崔反觉得自己怎么现在变得如此之贱？他问自己，他看着墙上自己画的那张皇后的画，她的样子如此干净，他越看就越觉得事情被他给搞砸了。他怎么能去拥抱她呢？他这样想着，就觉得脊梁骨在发颤，他就这样颤抖着睡去了，晚上做了好几个离奇古怪的梦，梦里面都有皇后的影子。崔反早上一起来，感觉自己死过了一次。

【六】

“皇后，跟你说个电影吧。”崔反说。

“嗯。”

“有个男人，他是个警察，他活得很累。他的儿子死了，他的搭档在一次执行任务中也瘫痪了，他的一个学弟的妻子也要他照顾。就当这些事情都很头疼的时候，他的老婆又得了绝症，于是他就很无奈地去向黑社会借了钱，这所有的一切都叫他感觉很疲惫。”

“之后呢?”

“之后他作为一个有责任感的男人，他必须要把自己该做的事情都做了。他于是去抢了银行，他把这些钱一部分给了他学弟的妻子，一部分买了许多的画画的颜料给了那个瘫痪的搭档，之后他答应他老婆陪她去海边看花火。”

“那些黑社会和警察不抓他吗？”

“那是当然，他们追踪他来到了海边，当时的景色很美，一切都是很自然的美丽，一点儿矫揉造作都没有。他们看到他在和自己的妻子放着焰火，之后就对着他开枪了。”

“他死了吗？”

“嗯，死了。在海边的时候有一位小姑娘在放风筝，怎么放也放不起来，他为她拿稳风筝。小姑娘跑起来了，但他没有松手，风筝的两翼留在他的手里，风筝被扯坏了。他呆呆地望着打转的风筝。疯狂旋转的风筝就像他的人生，令人痛心不已。”

“叫什么名字？这个电影。”

“北野武的《花火》，里面有很漂亮的樱花，有很漂亮的插画，这个世界的东西只有极端才美丽，人生本来就是无奈的。”

当崔反什么都开始无所谓的时候，他接到了通知，下个学期一开学就去法国的工作室，他得知这个消息的时候眉头是皱着的。他回去翻了翻日历，还有3个月。自己就要离开这里了，他这样一想突然感到一种恐惧，他很害怕。坐在床上不知道该干什么，他当时第一时间想起了皇后，他又开始莫名其妙地穿上鞋子，来到皇后的房子。他告诉皇后说，自己要走了，要去法国了。皇后听了也很吃惊，她同崔反一样坐在床上感到一阵的恐惧。

梦想来临给这两个人带来的不是喜悦。

皇后之后微微笑着说："崔老师，祝贺你呀，你终于要走了。"

崔反听这话觉得皇后突然变得很丑陋。他对皇后说："我怎么一点儿也不想走，你这样说话我觉得很痛心。"

"你痛心什么？这个不是你早早的梦想吗？"

"很奇怪是吗？"崔反问道，"对啊，我痛心什么？我痛心什么呢？"崔反叹了口气，笑着问自己。

崔反今年31岁，有人给他算命他只能活到53。他一直是个相信命运的人，他把自己之后这几年的生活都安排得满满的，他的计划里当然没有皇后这个人。所以他现在觉得事情很难办了。

他对皇后说："我走了，你要好好画画，你要考上美院，哪怕考到30多岁，都不要放弃，有些事情你现在达到不了，是时机还没到，你相信时机吗？"

皇后点点头，皇后相信时机，因为她相信自己是个与众不同的人，一定有与众不同的事情发生。

之后，崔反对皇后说："你要记住呀，你画画不为了别的，不是为了能够比别人画得好，就是为了一个，为了你自己的梦想。当你有一天不想画了就别勉强自己，当你看到别人画得比你勤奋，比你有成绩，别忌妒。但在你的心中一定要记住，哪怕你这辈子再倒霉、再可怜，你都注定是个画画的人。"

崔反说的这些话，皇后听得很认真。崔反站在原地，没有动弹。他从后面拿出一幅画，就是那天当皇后睡着的时候他画的那张画。

他说："这个我送给你吧，这个是我这段时间最好的一幅画。"

他说完就转身开门，就这样走掉了。

之后，皇后平静地考上了大学。但她完全没有当年幻想的那么兴奋，她几乎面无表情地去报到。慢悠悠地收拾自己的床铺，她躺在上面更是没有大笑大叫，她如此平静，让自己都很疑惑，她想她为什么会不高兴呢？这个是她长久以来的梦想呀，她的那张床已经找到了，这个宿舍的床，她终于躺上了，她不用每天早上都被盖房子的轰隆的声音吵醒，也不用去担心半夜三更的敲门声，她现在是多么自由和安全，但此刻，皇后就在自己的铺位上默默地哭了。

眼泪，是很复杂的东西。此刻，皇后的眼泪也是很复杂的。崔反接到了学校的调遣要去法国了，皇后一想到这里，她的眼泪就出来了，她想："我这是在干吗？我为什么要哭？"她问自己，但她也不知道，她就这样哭着，觉得崔反走了，自己的确需要哭一场，要不然自己都对不起自己。皇后是个爱思考的人，但她此刻开始不去思考自己为什么去哭，她开始慢慢学会了逃避，皇后也变成这个世界上芸芸众生中的普通一个了，她将不再与众不同，她也不再单纯和简单——因为她开始学会了逃避了。而在原来，皇后绝对不逃避任何一个问题，她会把它们想得干干净净，明明白白，哪怕痛苦欲绝，她都要知道个因果。但此刻的皇后，再也不是当时的皇后了，她在默默地长大中开始和其他人一样变得乏味不堪。因为她开始了逃避，逃避她不想去面对的问题，她不想知道自己为什么要为崔反掉眼泪。这个原因就埋在她的心里面，可她不想去想，不想去面对，更不想去解决。当皇后躺在自己的理想之床上的时候，皇后已经变得面目全非，她在追求这张床的过程里就这样一步步地丧失了自己身上最宝贵的东西。这个过程是每个人都要经历的，人是最终都要走向悲哀的。

终于有一天，当皇后心平气和地躺在自己的床上的时候，她开始回忆自己的生活。那个时候皇后想起了崔反，这个当年他的画画老师，一个脾气暴躁得像是全世界的人都欠他钱的男人。她想起他的样子，他的样子高高瘦瘦的，有一条很长的长腿，他的腿长得就像从腰部直接分开一样，他还有一个很直很直的鼻子……这一切那么地清楚。

皇后想着想着就感觉眼前看到了崔反，他就站在那里，背有点儿驼，就站在那里看着皇后。皇后坐起来，走到他的面前，皇后头顶只到崔反的脖子那，她要抬起头去看着他，她觉得他一定很紧张，因为她听到崔反的呼吸，很急促……崔反，他在哪里呢？

皇后躺在自己的床上，看着天花板，一切那么远又那么近，她眯着眼睛，分不清到底是幻觉还是现实，有的时候会真的以为自己就这样睡去，平静而没有负担地幸福死去。

皇后扭过头，看到墙上崔反画的自己，觉得已经过去一个世纪了。她觉得自己当时怎么离现在那么地遥远，似乎都快认不出来自己。这个姑娘是谁呢？那么安静地睡觉，她心里在想什么？在一个破烂的小床上，这个姑娘这样地无助，她是怎么睡着的？皇后就这样盯着自己，看了很久很久，之后她起身把那画翻过来，看着崔反给她留的那段话，她问自己现在还有梦想吗？现在吃得饱吗？现在开心吗？现在睡得温暖吗？她似乎已经不知道该怎么回答问题了。

【七】

2005年，皇后离开了学校，成为一个独立的人。她来到一个崭新的城市里寻找着自己床的梦想。当她再一次在早上清醒，身边谁也没有，她的皮肤还是那样健康，她的眼角还是没有皱纹，她的样子叫人忌妒。但此刻皇后的内心依旧疲惫不堪，她的脚疼得抽筋，她的脖子也很僵硬，她的完美梦想还很遥远，所不同的是有一个信念在她心里，皇后是个有理想的人，有理想的人一半是傻瓜，一半是有病之人，皇后就是个有病之人。

在一个风和日丽的天气里，崔反走了，走的时候带了皇后当年的第一张色彩。他很用心地把它放到自己的画夹子里，临上飞机前又拿出来看了一下。他把自己画的那张睡觉时候的皇后的画送给了皇后，他在画的背面用丙烯颜料写道：

如果我有梦想，你也会有梦想。

如果我能吃饱，你也能吃饱。

如果我开心，你也会开心。

如果我还活着，那你一定也会好好地活着。

如果我能睡在温暖的床上，那你一定躺在我的身边。

如果有一天你不能躺在我身边，那我也永远感受不到床的温暖

…… ……

YUE · ZUI HOU JI YE

悦 · 最后几页

兴致勃勃的表达不适合戛然而止，因此我们安排了最后几页。

谁说做图书的就不能返场？

本章分为：

★［特别说明］

★［最后一乐］

致众所周知的李嘉诚先生

尊敬的李嘉诚先生：

您好！

在写这封信之前，我没有和更多的人透露给您写信这件事。我相信，相当一部分人会很不理解我。而那相当一部分人一定会理解那些拼命考公务员的人。

在我看来，那种拼命之事的成功几率要比您看到这封信的几率低很多，在没有外力支持的情况下，趋近于零。

因爱好而从事低成功率的事业并且执著的是理想主义者。

非因爱好而从事趋近于零成功率的事业的是幻想主义者。

我们是一些理想主义者，我们联合起来做事，为我们的理想，为我们共同的爱好。

本书的另一位作者陈思亮同志的理想是：

可以每天晒太阳，写文字，喝甜水，并且一打开冰箱，里面全是汉堡。这些因素当中，写文字是重点。值得一提的是，由于他经常晒太阳喝甜水，体重已过90公斤。

本书的设计者黄恺同志的理想是：

有个别墅，一层茶餐厅，二楼图书馆（全是我们自己做的书），三层画室，顶层乐队排练。他家附近还没有四层的别墅，所以他特别希望谁能给他盖一个。目前仍在努力奋斗。

我们的奋斗不是电视剧《奋斗》中的奋斗。

不知道您看没看过电视剧《奋斗》，里面的情节过于美好，以至于对于普通人的奋斗基本没有指导意义。

我是一个脱离高级趣味的人，被思亮以及本书的设计者黄恺活活地逼成了一个商人。其实，我更适合搞创作——文字、音乐和话剧。但是没有办法，为了大家的理想我必须站出来。谁让我是天蝎座的呢。

值得一提的是，本书的执行主编冈老和责编李大姐也是天蝎座的。我们的生日都连着。难怪在出版此书的关键时刻，他们站了出来，给予我们极大的帮助。

接下来谈谈我的理想。

我的理想是您能来看看我们。

我媳妇可以开车带着我去泛北京地区接您，我不会开车，她会。她是新手，最远从太玉园开到过窦店，从未被交警罚款。要是您觉得我们的车不好，我们可以去窦店找汇豪集团的孙叔借他的大奔用几天。

我们这些人觉得：

中国的图书出版还没有达到世界最先进水平。我们是中国人，我们文化悠久，我们资源众多，我们勤劳勇敢，我们应该做全世界最好的图书，启迪民智，输出观念，做老百姓喜闻乐见的文化创意项目，并打造完整的产业链。我们有一个完整详细的切实可行的计划。

其实，我知道这个理想成为现实的难度很大很大。但我们从不是被难度吓倒的人。我知您忙，如果您不能亲临，亦可通过网络联系。

我的msn：liubingjiashu@hotmail.com（前面的拼写是“刘冰家属”的汉语拼音）。

再次表达我对您的敬意。

周 游

北京·太玉园

Sadly remain for the fool
Sadly
remain
for the
fool
HA
HA
...
XX
?
oh

学艺

从前，山区有一位小伙子，家里很穷，连饭也吃不上。他听说山区有一位打熊的猎人，一年能打好几头熊，他决定去学艺练打熊。

猎人是一个小老头儿，他说打熊的绝艺不外传，让小伙子回去。小伙子苦苦哀求，说家里实在吃不上饭了，您再不帮我，我一家人就要饿死了。老猎人一看，小伙子挺忠厚，说：

“好吧，破格收你这徒弟吧。”

就这样小伙子拜师学艺了。

怎么打熊呢？老猎人开始讲了：

“其实呀，打熊很简单。在冬天，你就进山。在山中你找一个大山洞，你就对里喊：呜……呜……这时你就会听见里面也传来呜……呜……你拿起枪向里一打，熊就倒下了，你进去把熊拽出来就行了。”

小伙子一听挺高兴，又问了一句：

“这是为什么呀？”

老猎人说：

“冬天，熊都在山洞里冬眠，你在外面一喊，熊以为是同伴在外面呢，一高兴它就在山洞里站起来了，这时你一开枪，保准打死它。”

小伙子一听，有道理，挺高兴。

转眼间冬天到了，小伙子准备去打熊了。和老猎人分别的那天，他对老猎人说：

“师父，我要进山了，我准保打一只大熊，回来先孝敬您老人家。”

老猎人挺高兴，说：

“好吧，你一定会成功的，走吧！”

就这样，小伙子孤身进山了。

转眼春天来了，那小伙子再也没回老猎人家。老猎人想：这小伙子，表面一套，暗地里一套。准是打了熊自己跑了，连我也不来看看。真不是东西。

有一天，老猎人在集市上看见了那小伙子。小伙子一瘸一拐地走，还拄着拐杖，胳膊也骨折了，在那吊着。

老猎人一见他就火了：

“你这小伙子，打了熊，就忘了我了，你是什么东西呀。”

没想到那小伙子火气更大：

“你这个老头儿，你教我的是什么破方法呀？瞧，害得我这么惨。”

老猎人一看一听，觉得莫名其妙，就问：

“我教你的打熊方法怎么了，你怎么打的熊，我听听。”

小伙子开始讲了：

“冬天，和你分开我就进山了。我找了一个特别特别大的山洞，我就向里喊：呜……呜……我就听见里面也喊：呜……呜……”

“对呀对呀。”老猎人说，“你开枪呀。”

小伙子满脸懊丧地说：

“妈的，没等我开枪，从里面开出一辆火车。”

后记

后记的意思是，写在最后，让人惦记。

一个早上，八九点钟的样子。

景岩社长介绍给我几个青年朋友。他们带着作品和创意来到我这里，生龙活虎，气喘吁吁。

我办公室在5楼，他们应是一口气追逐着跑上来的。

接下来的交谈在愉悦的氛围中进行。这种氛围一直延续到我们的合作中。

于是便有了《悦》。

在紧张的工作中，我们一起惦记全书的布局，惦记每一篇文章，每一幅图画，每一个标点和空格。而后商议，碰撞，共识，修改。不断地锤炼打磨。

这过程中自然也少不了自娱自乐，后来我们竟发现：作者、设计者、责编、执行主编全是同一星座的。索性把生日也都一起过了，省得总互相惦记。

在景岩社长和其他有关领导的关怀指导下，《悦》终于定稿。

《悦》在愉悦中完成，相信能给大家带来笑声和思考。

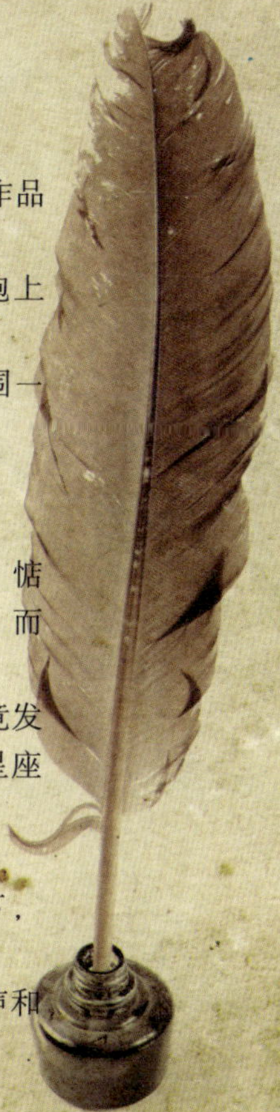

我社多年以来致力于为青年朋友提供优质的精神食粮。针对目前新的读者需求，我们与时俱进，推出“青年文摘”系列图书，为我社《青年文摘》这个著名品牌注入新的活力。

此书是“青年文摘”系列图书之“时尚悦读系列”的第一本，希望大家能够喜欢。也希望更多的青年作者、策划者、设计者加入“青年文摘”系列图书的制作中来，给出版社注入新鲜、注入活力。

最后，希望大家可以惦记一下我们的下一本《悦》。

我们编者和作者都会执著地惦记着你们的阅读需求，不舍昼夜，不舍昼夜。

子在楼上曰：“逝者如斯夫……”

冈 宁

2008年 12月